Fogrity & Co.

Алексей Орлов

ЧЁРНЫЕ

рабовладельцы

и другие американские истории

Bagriy & Company

Chicago • Чикаго

2021

Alexei Orlov
BLACK MASTERS AND OTHER AMERICAN STORIES
(Russian Edition)

Алексей Орлов
ЧЁРНЫЕ РАБОВЛАДЕЛЬЦЫ И ДРУГИЕ АМЕРИКАНСКИЕ ИСТОРИИ

ISBN 978-1-7366974-6-7 (Paperback)
ISBN 978-1-7366974-8-1 (Hardback)

Library of Congress Control Number: 2021938779

Edited by Alexander Matlin, Olga Matlin
Proofreading by Yulia Grushko
Book Design and Layout by Yulia Tymoshenko
Book Cover Design by Larisa Studinskaya

Литературные редакторы: Александр Матлин, Ольга Матлина
Корректор: Юлия Грушко
Компьютерная вёрстка, макет: Юлия Тимошенко
Обложка: Лариса Студинская

Иллюстрации в тексте — *Wikimedia.org*

Bagriy & Company
Chicago, Illinois, USA
www.bagriycompany.com

Printed in the United States of America

Содержание

Жене Люде Шаковой

Необходимое предисловие

Два обстоятельства способствовали созданию этой книги. Первое — реакция читателей на мою книгу «Тень проклятия Текумсе над Белым домом», вышедшую в марте 2020 года. Второе — расцвет движения, названного «культурой отмены» (cancel culture) и требующего отрицания, запрещения, низвержения едва ли не всего, что создано в нашей стране, в частности перечёркивания — или переписывания — истории Соединённых Штатов Америки.

Читатели отнеслись к моей книге более чем благосклонно. Сужу об этом по их письмам и по отзывам в моём ток-шоу «Моя Америка» на русскоязычных радиостанциях Нью-Йорка и Чикаго. Авторы некоторых писем просили меня не останавливаться на одной книге. «Вы написали о том, о чём я, выпускник американской школы и американского колледжа, понятия не имел. Продолжите, пожалуйста, рассказ», — написал Давид Н. из Чикаго. «Если у вас есть в запасе и другие неизвестные большинству факты американской истории, поделитесь с нами», — написал Николай П. из Бруклина.

Такие письма убеждали: следует приняться за работу. Но требовался толчок — если угодно, подзатыльник, — чтобы у меня пропали всякие сомнения в необходимости создать новую книгу. Таким толчком стал взрыв ненависти к творчеству и деятельности белых людей, будь то культура, или искусство, или экономика, даже математика, даже спорт. Я понял, что следует написать о людях и событиях, о которых теперь не принято говорить и писать. Таких людей и таких событий бесчисленное множество. В предлагаемой читателю книге я прикоснулся к единицам. И я включил в книгу несколько историй, интересных, вероятно, прежде всего русскоязычному читателю.

Корни «культуры отмена» лежат в политкорректности, зародившейся в нашей стране в конце 70-х — начале 80-х годов и охватившей на рубеже столетий все страны иудео-христианской цивилизации. «Хуже ленинизма», — сказал в 2009 году о политкорректности гражданин Великобритании Владимир Буковский. «В Англии, — рассказывал он, — отменили рождественские общественные мероприятия, потому что в британском флаге есть крест Святого Георгия, а это якобы обижает мусульман, напоминая им о крестовых походах... Политкорректность привела к такой цензуре, что в наши дни Шекспир жить бы не мог. Половину его пьес уже не ставят: "Венецианский купец" — антисемитизм. "Отелло" — расизм. "Укрощение строптивой" — сексизм. Одна учительница в Лондоне отказалась вести свой класс на "Ромео и Джульетту", назвав спектакль "отвратительным гетеросексуальным зрелищем"...

Описанное Буковским, в прошлом заключённый советских тюрем и психбольниц, — это невинные ростки политкорректности.

Пышным цветом она расцвета в стране своего рождения, США, и из её цветов выросла «культура отмены». Отменяется всё, что только возможно, но меня, историка-любителя, приводит в негодование прежде всего искажение, извращение, сокрытие фактов истории страны, в которую я эмигрировал как политический беженец и стал её гражданином и которой горжусь.

Мы, кажется, уже привыкли — если, конечно, к этому можно привыкнуть — к сносу памятников, переименованию улиц, площадей и зданий, к вычёркиванию из истории имён не только политических деятелей и военачальников. Но «культура отмены» ими не ограничивается. Культуртрегеры занесли в чёрные списки детского писателя и художника Теодора Сьюза, киноактёра Джона Уэйна, певицу Кейт Смит, отца современной гинекологии доктора Джеймса Мэриона Симса и многих-многих других, совершенно далёких от политики людей.

Главный удар «культуры отмена» пришёлся по истории страны.

В августе 2019 года газета The New York Times запустила «Программу 1619», выразив уверенность, что она будет изучаться в школах. Авторы этой программы ведут отсчёт истории Соединённых Штатов не с 4 июля 1776 года, когда тринадцать североамериканских колоний Англии провозгласили Независимость от британской короны, а с августовского дня 1619 года, когда в основанное в 1607 году англичанами поселение Джеймстаун были завезены двадцать африканцев. «Программа 1619» уверяет: это были первые чёрные рабы на территории будущих Соединённых Штатов. Но они — и это исторический факт — рабами не были. Цель «Программы 1619» — внушить юным американцам, что страна основана белыми расистами, и всем, чего достигла, обязана чёрным. Слово «чёрный» газета New York Times — а за ней и многие другие СМИ — начали писать с заглавной буквы: Black. Белые пишутся с прописной: white. Не ровен час, школам и университетам выдадут учебник истории правящей Демократической партии типа «Краткого курса истории ВКП(б)».

Оболванивание подрастающего поколения уже началось. Оно затронуло не только историю. Власти штата Орегон распознали в курсе математики «идеи превосходства белой расы» и призвали учителей приступить к искоренению «расизма в математике»... В калифорнийском городе Бербанк местный «наробраз» счёл расистскими такие жемчужины американской литературы XX века, как повесть Джона Стейнбека «О мышах и людях» и роман Харпер Ли «Убить пересмешника», и вычеркнул их из школьной программы... На другом конце страны, в Нью-Йорке, в одной из частных школ законы Ньютона перестали называть его именем. Их называют «тремя фундаментальными законами физики». Ньютон провинился неполиткорректным цветом кожи.

И воцаряется цензура. Воцаряется доносительство. Увольняют за неосторожно сказанное или написанное слово, часто сказанное или написанное не вчера или позавчера, а годами ранее. Многие расстаются с работой «по собственному желанию», не дожидаясь, когда их уволят с волчьим билетом.

Всё это убедило меня в необходимости написать книгу «Чёрные рабовладельцы».

Я от души благодарен всем, кто откликнулся добрыми словами на мою первую книгу. Особая благодарность редактору первой и второй книг писателю Александру Матлину. Саша и его дочь Оля на волонтёрских началах перевели «Проклятие Текумсе» на английский язык. И они здорово потрудились для подготовки к печати книги, которую вы держите в руках. Спасибо!

Чёрные рабовладельцы

Black lives matter.

В американских городах, основанных в колониальное время, есть места, привлекающие туристов. В северокаролинском городе Нью-Берн таких мест больше, чем во многих других. Я, конечно, имею в виду не такие города, как Бостон, Нью-Йорк, Филадельфия, Чарльстон, Саванна, Новый Орлеан, а небольшие, к каковым относится и Нью-Берн, насчитывавший в 2019 году 29 994 жителя. Это второй старейший в Северной Каролине город. Его основали в 1710 году иммигранты из Швейцарии и назвали в честь столицы страны, из которой уехали. Нью-Берн был столицей колонии Северная Каролина (сохранился дворец, построенный в 1770 году для английского губернатора Уильяма Трайона) и в течение нескольких лет — столицей штата, пока столицу не перенесли в город Роли.

В Нью-Берне четыре исторических района. 164 дома занесены в список памятников, охраняемых государством. Один из них — двухэтажный дом, построенный во второй половине XVIII века. Дом принадлежал богатому купцу Джону Райту Стенли, корабли которого поставляли повстанцам провиант и боеприпасы во время Войны за

Независимость. Стенли и его жена скончались в 1789 году в разгар эпидемии жёлтой лихорадки. Несколько лет дом пустовал, и как раз в это время — в 1791-м — в нём остановился на ночлег Джордж Вашингтон, объезжавший страну, чтобы поблагодарить сограждан, избравших его президентом. В самом конце XVIII века в дом въехал Джон Стенли-младший — старший сын Джона Райта.

Одним из девяти детей Джона Райта Стенли был Джон Карратерс Стенли, родившийся в 1774 году. Но его матерью была не Энн, жена отца, а негритянка, принадлежавшая Александру и Лидии Стюарт, близким друзьям отца. Владельцы негритянки и её ребёнка, юного Джона, обучили его грамоте, отдали в ученики к парикмахеру, а затем помогли открыть собственную парикмахерскую. Когда Джону исполнился 21 год, Стюарты решили даровать ему свободу. Суд графства Кравен одобрил их решение. Джон обратился за соответствующим одобрением в легислатуру штата, и законодатели Северной Каролины подтвердили решение местного суда. В 1798 году 24-летний Джон Стенли стал свободным негром. Вскоре он выкупил у Стюартов жену Китти и двоих сыновей, а затем и брата жены. Обычно на этом экскурсовод заканчивает рассказ о чернокожем сыне Джона Райта Стенли, не считая нужным знакомить туристов с дальнейшей жизнью свободного негра. Но нам, читатель, никто не запрещает продолжить рассказ.

Став свободным, Джон Карратерс Стенли купил двух чернокожих помощников, и это были его первые рабы. Со временем он стал одним из крупнейших рабовладельцев в графстве Кравен. Перепись населения 1830 года зафиксировала: ему принадлежали 163 раба. Стенли владел сетью парикмахерских, занимался куплей-продажей недвижимости, его рабы трудились на хлопковых плантациях.

Джон Карратерс Стенли был одним из тысяч чернокожих рабовладельцев. Хотя, конечно, не все они разбогатели, как он.

Общеизвестно, что африканских негров продавали в рабство африканские негры. Отловленных для продажи работорговцы доставляли в портовые города Западной Африки. Здесь живой товар грузили на испанские, португальские, голландские, английские суда и везли в рабство. Сначала везли в Европу, а после открытия европейцами Нового Света — за океан. В североамериканских колониях Англии чёрные невольники появились много позже, чем в Южной Америке и на островах Карибского моря. Чёрные рабы были во всех тринадцати колониях, и во всех тринадцати были также свободные негры, многие из которых владели рабами.

Джеймстаун — первое постоянное поселение англичан в Северной Америке — был основан в 1607 году в нынешней Виргинии. В 1620-м было основано поселение Плимут в нынешнем Массачусетсе. А в 1655-м была зарегистрирована первая покупка свободным негром чернокожего раба. Возможно, были и более ранние покупки. Но историк Р. Халлибертон (Halliburton), занимавшийся историей свободных негров в Америке, называет 1655-й, поскольку сохранилось документальное свидетельство: местный суд в колониальной Виргинии одобрил покупку свободным негром Энтони Джонсоном и его женой Мэри чернокожего Джона Кэйзора. Суд подтвердил, что он продан им на всю жизнь.

Сведения о том, что свободные негры владели чёрными рабами, зафиксированы в Бостоне в 1724 году, в Коннектикуте — в 1783-м. В 1790 году в Мэриленде 46 негров владели 143 рабами. Халлибертон пишет: «Нэт Батлер, чернокожий фермер в Мэриленде, регулярно покупал негров и продавал их на Юг».

Историк Картер Вудсон, основавший в 1916 году The Journal of Negro History и прозванный «отцом истории чёрных» («father of black history»), написал в 1924 году статью «Свободные негры — владельцы рабов в Соединённых Штатах в 1830 году» («Free Negro owners of slaves in the United States in 1830»). Опираясь на данные переписи 1830 года, Вудсон, профессор Говардского университета (один из старейших в стране негритянских вузов), называет с абсолютной точностью число свободных негров и число принадлежавших им чёрных невольников. В 1830 году в Америке было 319 599 свободных негров (13,7 % от общего числа негров в стране). 3776 свободных негров были рабовладельцами. Им принадлежали 12 907 чёрных рабов.

Томас Прессли, профессор Университета Вашингтона (Сиэтл), воспользовался данными статьи Вудсона и дополнил их. В статье «Изведанный мир» свободных чёрных рабовладельцев» («"The Known World" of Free Black Slaveholders») он писал, что в 1830 году в Южной Каролине 43 % свободных негров владели рабами, в Луизиане — 40 %, в Миссисипи — 26 %, в Алабаме — 25 %, в Джорджии — 20 %.

В названии статьи слова «Изведанный мир» взяты в кавычки не случайно. Статья Прессли была напечатана в 2006 году. А тремя годами ранее свет увидел исторический роман «Изведанный мир», принёсший его автору

Эдварду Джонсу Пулитцеровскую премию. Действие романа разворачивается в Виргинии в придуманном автором графстве Манчестер. В нём живут тридцать четыре негритянские семьи, и восемь семей владеют чёрными рабами. Бывшему рабу Генри Таунсенду принадлежат 33 невольника.

Читатели были в недоумении: могло ли такое быть? Их недоумение понятно. Со школьной скамьи они знали о белых работорговцах и белых рабовладельцах. И — вдруг! — оказывается, что и негры были рабовладельцами и работорговцами. Недоумевающие читатели обратились к историкам: действительно ли существовали негры-рабовладельцы, или Джонс это придумал?

Случись роману «Изведанный мир» выйти в свет не в начале XXI века, а десятилетиями ранее, подобных вопросов не возникло бы. В то далёкое уже время американские историки не скрывали исторических фактов. Ситуация изменилась в 50–60-е годы — с началом движения за равноправие, когда во всех бедах чернокожих начали обвинять исключительно белых.

«Изведанный мир», о котором повествует Джонс, был совершенно неизвестен современному читателю. Что же касается статьи профессора Прессли, то она была напечатана в «Журнале африкано-американской истории» (The Journal of African American History), предназначенном исключительно для специалистов. О существовании негров-рабовладельцев было известно давно. Статьи о них публиковали журналы для широкого круга читателей, такие как The North American Review.

В 1905 году этот старейший в стране литературный журнал (он был основан в 1815-м, в нём печатались, в частности, Джон Адамс и Даниэль Уэбстер) опубликовал статью пастора и писателя Калвина Дилла Уилсона о чернокожих рабовладельцах. Вот лишь некоторые примеры.

Свободный негр из графства Тримбл (штат Кентукки) продал сына и дочь за 1000 и 1200 долларов соответственно.

Свободный негр из Мэриленда продал в рабство своих детей, чтобы купить жену.

Негритянка Дилси Поуп, жившая в Коламбусе (штат Джорджия), купила мужа, а когда он её оскорбил, продала.

Фэнни Кэнеди из Луисвилла (Кентукки) угрожала мужу, что если он не бросит пить, она его продаст.

Один северокаролинец оказался по горло сыт критикой отца и продал его. «Пусть старик поработает на кукурузных полях у Нового Орлеана. Там его научат хорошим манерам», — сказал сын.

Профессор Вудсон черпал сведения о чернокожих рабовладельцах из переписи населения, проведённой в 1830 году. С годами росло число чёрных рабовладельцев и число рабов, которыми они владели. Перепись 1860 года выявила, что процент чёрных рабовладельцев от общего числа негров в стране превышал процент белых рабовладельцев от общего числа белых. Цифры этой переписи — последней перед Гражданской войной — весьма красноречивы.

В стране проживало около 27 миллионов белых, 8 миллионов из них жили в рабовладельческих штатах. 385 тысяч белых владели рабами — 1,4 % от населения страны, или 4,8 % населения южных штатов.

4,5 миллиона негров жили во всех штатах, но большинство — около 4 миллионов — в южных. Свободными в южных были 261 968 негров. Многие из них владели рабами. В частности, в Новом Орлеане жили 10 689 свободных негров, и более чем 3000 — 28 % — имели рабов.

Профессор Университета Виргинии Ирвин Джордан, автор изданной в 1995 году монографии «Чёрные конфедераты и афро-янки в Гражданской войне Виргинии» («Black Confederates and Afro-Yankees in Civil War Virginia»), подметил: «Чёрные рабы-хозяева владели членами своей семьи и освобождали их в своих завещаниях. Свободных чернокожих поощряли продавать себя в рабство, и они имели право выбирать своего хозяина в ходе длительной судебной процедуры».

* * *

Первые рабы Уильяма Эллисона были подручными хозяина, владевшего мастерской по изготовлению «коттон-джин» — хлопкоочистительных машин. Об этом интереснейшем человеке повествует книга «Чёрные хозяева» («Black Masters»), написанная историками Майклом Джонсоном и Джеймсом Роарком. Книга вышла в свет в 1984 году в твёрдом переплёте, в 1986-м — в бумажной обложке, с тех пор не переиздавалась. К сожалению, она мало кому известна. Герой заслуживает, чтобы о нём знали не только единицы, интересующиеся историей негров в нашей стране.

Эллисон родился в 1790 году в городке Стейтбург в Южной Каролине у белого отца-рабовладельца и чёрной матери-рабыни. Отец, владевший плантацией хлопка, назвал сына Эйприл, потому что тот родился в апреле. Парнишке было 12 лет, когда отец отдал его в ученики к Уильяму Макгрейту, который ремонтировал и изготовлял хлопкоочистительные машины.

«Коттон-джин» изобрёл Эли Уитни в 1793 году в Джорджии, и это была революция в обработке хлопка-сырца. Одна машина заменяла труд десятка работников, занимавшихся вручную отделением волокон хлопка от семян. Каждый плантатор стремился приобрести такую машину. Некоторые умельцы — и в их числе Макгрейт — взялись за изготовление «коттон-джина» собственными силами.

Эллисон работал у Макгрейта до 1816 года. К этому времени 26-летний раб научился всему, чему только можно. Он мог изготовить любую часть машины, мог заменить изношенную деталь новой. Он ездил по вызовам к тем, кто купил «коттон-джин» у Макгрейта, если им требовался ремонтник. Он оформлял заказы и расплачивался по счетам. И, зарабатывая гроши, копил деньги. Эллисон скопил достаточно, чтобы уплатить выкуп и стать свободным.

8 июня 1816 года Эйприл Эллисон предстал вместе со своим владельцем-отцом перед судьёй. Судье следовало решить, одобрить ли просьбу рабовладельца об освобождении раба. Судья выслушивал не только рабовладельца, но и свидетелей, которые должны были сказать, достоин ли раб стать свободным. Эйприла знала вся округа. Он заслужил всеобщее уважение своей работой. И 8 июня 26-летний Эйприл Эллисон стал свободным человеком. Но этого ему было мало. Он хотел избавиться от имени Эйприл, которое однозначно выдавало в нём бывшего раба. Отец разрешил ему взять его имя Уильям, но и на этот раз разрешения отца было недостаточно. Эйприл Эллисон вновь обратился в суд. 20 июня 1820 года

30-летний свободный негр Эйприл Эллисон стал Уильямом Эллисоном. К этому времени он уже построил
собственную мастерскую по изготовлению и ремонту
хлопкоочистительных машин и купил двух чернокожих
помощников — 26-летнего и 45-летнего.

«Превращение Эйприла из раба в рабовладельца произошло почти моментально. Практически сразу он зало-
жил экономический фундамент своей свободы, основанной на труде рабов», — пишут авторы книги об Уилья-
ме Эллисоне, ставшем с годами одним из богатейших
и уважаемых плантаторов в южнокаролинском графстве
Самтер.

Проводимые раз в десять лет (как того требует Кон-
ституция) переписи населения зафиксировали рост
числа рабов у Эллисона: 1820 год — 2 раба, 1830-й —
4, 1840-й — 30, 1850-й — 36, 1860-й — 63... Он владел
овощной плантацией, ему принадлежала сеть магазинов.
Эллисон был не единственным в графстве Самтер негром-
рабовладельцем. Но ни у одного другого не было за год
до начала войны Севера и Юга столько рабов, сколько
у Уильяма Эллисона. 71 год ему исполнился до начала
войны. Он умер в первый год войны, в 1861-м, и завещал
своё состояние трём дочерям и двум сыновьям. Его дети
и внуки поддерживали Конфедерацию. Их плантации
поставляли армии корм для скота, хлопок, кукурузу, бе-
кон... Джон Уилсон Бакнер, старший внук Эллисона, записался добровольцем в армию в то время, когда негры
ещё не имели права служить, и воевал в составе первого
артиллерийского полка Южной Каролины.

После войны свободными стали все негры. Те из них,
кто решил заняться политикой, стали республиканца-

ми — членами победившей партии. Антуан Дюбюкле, владевший в Луизиане сахарной плантацией и более чем ста рабами, немедленно объявил себя республиканцем, возглавил в администрации штата финансовый отдел и занимал эту должность до 1877 года, когда закончилась оккупация южных штатов федеральными войсками. Сыновья Уильяма Эллисона, Генри и Уильям-младший, записались в местный клуб

Антуан Дюбюкле владел более чем ста рабами в Луизиане. После Гражданской войны занимал пост главы финансового отдела в администрации штата

Демократической партии, членами которого, кроме них, были только белые.

Виргиния, 1619 год: правда и вымысел

Политики и историки, журналисты и учителя, университетские профессора и общественные деятели уже давно заняты «исправлением» американской истории. Их слову внемлют миллионы. Сбрасывание памятников с пьедесталов и переименование улиц и площадей стало едва ли не ежедневным занятием одураченных граждан.

Первыми жертвами оказались политические и военные деятели Конфедерации, объявленные защитниками института рабовладения: президент Джефферсон Дэвис, генералы Роберт И. Ли и Томас («Каменная Стена») Джексон.

В калифорнийском городе Арката демонтировали памятник 25-му президенту США Уильяму Мак-Кинли. Коренные американцы, индейцы, назвали Мак-Кинли, воевавшего в армии Союза против Конфедерации, «инициатором поселенческого колониализма».

В июне 2020 года было объявлено, что будет убран памятник президенту Теодору Рузвельту, стоящий в Нью-Йорке перед Музеем естественной истории. Чем провинился президент — первый в истории прогрессист? Он, белый, верхом на коне, а по бокам пешие — краснокожий и чернокожий. Это ли не расизм?

Велик перечень «преступлений» белых американцев, и редакционная коллегия The New York Times пришла к выводу: всё, что до сих пор сделано для разоблачения белых шовинистов, — это любительство. Бойцы разрознены, их действия не согласованы. Следует поставить дело на профессиональную основу. 18 августа 2019 года воскресный журнал The New York Times Magazine (приложение к газете) обнародовал «Программу 1619» (The 1619 Project), цель которой рассказать стране, о чём страна не догадывалась. А именно: всему, что у нас сегодня есть, мы обязаны чернокожим. И кто знает, что являли бы сегодня собой Соединённые Штаты Америки, если бы не вклад негров едва ли не во все области жизни.

Чтобы ни у кого не возникало вопросов о целях «Программы» (если вам угодно — «проекта», «плана»), её авторы дали ответ на обложке журнала. Мы читаем:

«В августе 1619 года на горизонте, поблизости от Пойнт-Комфорт, порта английской колонии Виргиния, появилось судно. На нём было более двадцати порабощённых африканцев. Они были проданы колонистам. Америка ещё не была Америкой, но это был момент, когда она началась. В стране, которая сформировалась, не было ничего, что не было бы не затронуто последовавшим 250-летним рабством. В 400-летнюю годовщину этого рокового момента пришло, наконец, время правдиво рассказать нашу историю».

Главный редактор журнала Джейк Силверстайн утверждает в заметке, предшествующей изложению «Программы»: Соединённые Штаты Америки родились не 4 июля 1776 года. Истинное рождение — «конец августа 1619 года», когда в Виргинию доставили «порабощённых африканцев».

Силверстайн и его команда взялись «правдиво рассказать историю». Что ж, обратимся к истории и начнём с утверждения авторов «Программы», что «в стране... не было ничего, что не было бы не затронуто последовавшим 250-летним рабством», и «почти всё, что сделало Америку исключительной (exceptional), выросло из рабства».

Это, мягко говоря, противоречит фактам. Говоря чуть строже, это искажение фактов. Ну а если говорить начистоту, это утверждение — откровенная ложь. Надеюсь, меня не обвинят в расизме, если мы обратимся лишь к нескольким фактам, доказывающим безо всяких «но» и «если», что в течение двух с лишним столетий существования института рабовладения в Америке было создано кое-что, что не имело абсолютно никакой связи с африканскими рабами.

Хочется верить, что авторский коллектив Times осведомлён о существовании в XVIII веке Бенджамина Франклина. Должны знать. Хотя бы потому, что его портрет украшает 100-долларовую банкноту. Велик перечень изобретений Франклина: молниеотвод, бифокальные очки, кресло-качалка, «печь Франклина», стеклянная гармоника. Франклин основал первую в Америке публичную библиотеку и Филадельфийский (ныне — Пенсильванский) университет. Он изучал течение Гольфстрим, дал ему название и нанёс на карту. Он был писателем, журналистом, издателем, дипломатом. Был избран членом многих академий, в том числе и Российской академии наук.

Франклин прожил долгую жизнь — с 1706 по 1790 год. На протяжении всей его жизни в Америке (сначала колониальной, а затем — свободной страны) существовал институт рабовладения. Но все деяния Франклина ни в коей степени — ни в малейшей — не связаны ни с чёрными рабами, ни со свободными чёрными. Я догадываюсь, почему журналисты нью-йоркской газеты считают нужным игнорировать его существование. В 1776 году Франклин был одним из соавторов Декларации Независимости и в 1787 году участвовал в создании Конституции.

Не только Бенджамин Франклин опровергает утверждение, что без участия чёрных Америка не стала бы исключительной — необыкновенной, необычной — страной, не похожей ни на одну другую. Вспомним ещё несколько белых американцев, деятельность которых проходила в стороне от института рабовладения и которые увековечили свои имена изобретениями, сделанными до ликвидации этого института 13-й Поправкой к Конституции (1865 год).

Роберт Фултон. В 1807 году по реке Гудзон совершил плавание изобретённый им пароход.

Сэмюэл Морзе. В 1836 году «аппарат Морзе» передал по телеграфу специальный код (азбуку) Морзе.

Исаак (Айзек) Зингер. В 1850 году запатентовал швейную машину.

Элиша Грейвс Отис. В 1857 году в Нью-Йорке был установлен первый пассажирский лифт-подъёмник его конструкции.

Не забудем Уолтера Ханта, получившего в 1849 году патент на безопасную булавку. Казалось бы, мелочь. Всего лишь булавка. Не пароход, не лифт. Но в быту была почти незаменимой. Безопасную булавку часто называют английской, но изобрёл её житель Нью-Йорка американец Хант. Изобрёл без участия нью-йоркской негритянской общины.

И во все годы после ликвидации института рабовладения главный вклад в жизнь страны вносили почти исключительно белые американцы. Назову первых пришедших на память: Томас Эдисон и Никола Тесла, братья Райт, Александр Белл и Игорь Сикорский... Ещё несколько имён: Вандербильт, Рокфеллер, Флаглер, Карнеги, Форд... Обратимся к последним десятилетиям, когда чёрные американцы стали — благодаря программам «позитивных действий» (affirmative action) — «более равными» (как в романе Оруэлла «Скотный двор») в сравнении с белыми.

Мы не можем представить сегодняшнюю Америку — как и весь мир — без Microsoft, Apple, Amazon и Google. Отцы-основатели этих компаний — белые американцы Билл Гейтс и Пол Аллен (Microsoft), Стив Джобс, Стив Возняк и Рональд Уэйн (Apple), Джефф Безос (Amazon), Сергей Брин и Лари Пейдж (Google). Сегодня в этих четырёх компаниях заняты сотни тысяч — люди разных народов, рас, вероисповеданий. Все они обязаны своей работой гению упомянутых белых американцев. Вероятно, это не по душе авторам «Программы 1619», но это факт. И объявив, что «пришло, наконец, время правдиво рассказать нашу историю», они лживо утверждают, что Америка «началась» в тот самый августовский день 1619 года, когда «порабощённые африканцы... были проданы колонистам... английской колонии Виргиния».

Непреложный факт: английские пираты захватили португальский корабль, на борту которого были негры, купленные у негров же в Западной Африке (ныне Ангола). Португальцы направлялись в свои американские колонии, чтобы продать живой товар. Англичане перехватили товар и доставили в Пойнт-Комфорт — поселение колонистов на берегу океана (ныне это район города Хэмптона, штат Виргиния). Но африканцы не были проданы колонистам как рабы. В 1619 году рабовладения в Джеймстауне и в других поселениях на территории будущей Виргинии не существовало. Африканцы стали «наёмными слугами» (indentured servants) или — это другой перевод — «кабальными слугами». Между рабом и таким слугой существовала большая разница.

Наёмный (кабальный) слуга поступал в распоряжение хозяина обычно на срок от четырёх до семи лет. Он был обязан выполнять всё, что от него требовали, и этим не отличался от раба. Наёмными слугами обычно становились люди, у которых не было иных возможностей существовать. Часто это были попавшие в долговую кабалу. Некоторые — грамотные — подписывали контракты. Когда в августе 1619 года чернокожих привезли на берега Джеймс-ривер, здесь уже работали около тысячи белых наёмных слуг, большинство из них англичане, но были и из других европейских стран — немцы, поляки.

Положение чёрных слуг ничем не отличалось от положения белых. И чёрные, как и белые, не только получали свободу по истечении срока контракта, но и могли приобрести землю, а также наёмных слуг. То есть превратиться — если угодно авторам «Программы 1619» — из рабов в рабовладельцев. И некоторые превращались.

Многие книги по истории колониальной Виргинии рассказывают о негре Антонио Джонсоне (я упомянул о нём в предыдущей главе). Он родился в Анголе, был пойман враждующим племенем, продан арабским работорговцам, в 1621 году привезён в Америку, будущую Виргинию, и стал наёмным слугой у белого плантатора Беннета. В 1623 году Джонсон женился на негритянке Мэри, приехавшей из Англии и поступившей как наёмная служанка в услужение Беннету. Когда он и она освободились, Антонио взял имя Энтони.

Джонсон стал преуспевающим фермером. В 1651 году он владел 250 акрами земли и пятью наёмными (кабальными) слугами — четырьмя белыми и одним чёрным. В 1655 году Джонсон обратился в суд с иском к белому соседу, к которому перебежал его наёмный слуга негр Джон Кэйзор. Суд не только удовлетворил иск Джонсона, но постановил, что Кэйзер принадлежит ему пожизненно. Так негр Джонсон стал первым рабовладельцем на территории будущих Соединённых Штатов Америки. Авторы «Программы 1619» предпочли не вспоминать об этом.

Многолетний профессор истории в Университете Мэриленда Айра Берлин опубликовал в 1974 году фундаментальный труд «Рабы без хозяев: свободный негр на довоенном юге» («Slaves Without Masters: The Free Negro in the Antebellum South»). Национальное историческое общество признало книгу лучшей по истории в 1974 году. На основании сотен документов профессор Берлин исследовал положение негров в южных штатах — со дня, когда на территории будущей Виргинии появились первые африканцы, и до Гражданской войны. В тринадцати английских колониях, ставших штатами, тысячи негров были свободными, и у некоторых были, как и у Энтони Джонсона, наёмные слуги. Согласно переписи населения, проведённой в 1790 году, в Виргинии жили 12 776 негров «без хозяев» (4,2 % от общего числа), в 1800-м — 20 124 (5,5 %). Конечно, не у каждого свободного негра были наёмные слуги.

В 1676 году жители Виргинии подняли восстание против губернатора колонии Уильяма Беркелея. В рядах восставших плечом к плечу сражались белые поселенцы, свободные негры и наёмные (кабальные) слуги — белые и чёрные. Восстание было подавлено пришедшими из Англии военными кораблями. Союз наёмных слуг-европейцев с африканцами убедил власти колонии принять законы, которые исключали бы подобные союзы. Правда, отношение к чернокожим стало меняться ещё до восстания, вошедшего в историю по имени его руководителя Натаниэля Бэкона. В 60-е годы вступили в силу законы, ограничивающие права свободных негров. Рабовладение в Виргинии официально закрепил принятый в 1705 году колониальным собранием свод законов (The Virginia Slave Codes). Чёрным запрещалось иметь оружие, запрещалось владеть белыми слугами. Чёрный не мог судиться с белым (как в 1655 году Энтони Джонсон судился с белым соседом).

Свод законов 1705 года создал в Виргинии официальный барьер между белыми колонистами и чёрными слугами, ставшими бесправными рабами. Но не Виргиния была первой колонией, узаконившей рабовладение. Первой был Массачусетс. В 1641 году созданный пуританами-поселенцами суд принял свод законов, названный «Корпус Свобод» (Body of Liberties). Законы защищали всевозможные права поселенцев, в том числе индивидуальные права. Но массачусетский свод законов о свободе (!) закрепил рабовладение. Может быть, авторам «Программы 1619» следует считать годом рождения Америки 1641-й?

Однако 1619 год действительно важный в истории Виргинии, как и всей Америки. В этот год в поселениях, ставших впоследствии Виргинией, произошли два события, не имеющие никакого отношения к появлению чёрных африканцев и поэтому даже не упомянутые в «Программе 1619». Одно произошло в июле — до того, как «в августе... более двадцати порабощённых африканцев... были проданы колонистам», второе — в ноябре.

В пятницу 30 июля 1619 года в Джеймстауне открылась сессия Генеральной Ассамблеи Содружества Виргинии (General Assembly of the Commonwealth of Virginia). Это был первый — первый! — избранный парламент не только на территории будущих Соединённых Штатов Америки, но первый во всём Западном полушарии. Правда, этот парламент был однопалатным, сегодня он двухпалатный. Но сегодняшняя Виргиния — это официально не штат, а, как и четыреста лет назад, Содружество (Commonwealth) — добровольное объединение всех мест проживания виргинцев.

Какое событие более значительное в истории Америки — создание первого выборного парламента или доставка в эти места чёрных африканцев? Авторы «Программы 1619» считают второе более важным. Я отдаю предпочтение первому. И в 1619 году в Виргинии произошло ещё одно событие, которое не упоминается в «Программе». 4 декабря 2019 года исполнилось четыреста лет со дня первого в Америке празднования Дня Благодарения. Да, да, да, первое празднование Дня Благодарения в Северной Америке произошло не в 1621 году в Плимутской колонии на территории будущего штата Массачусетс, как принято считать, а двумя годами ранее в Виргинии. Почему американцев едва ли не с первого класса начальной школы уверяют, что День Благодарения впервые праздновался в Массачусетсе? Перед тем как ответить на этот вопрос, обратимся к первому случившемуся в 1619 году в английской колонии Виргиния событию, с которого (воспользуюсь словосочетанием «Программы 1619») «началась Америка» — созданию законодательного органа, депутаты которого были избраны, а не назначены.

К тому времени, когда открылась первая сессия первого в Западном полушарии парламента, английская колония существовала уже двенадцать лет. Инициаторами её создания были деловые люди, организовавшие Виргинскую компанию. Они были уверены, что найдут за океаном золото и серебро. Сомнений не было, поскольку испанцы, приступившие к освоению Нового Света на сто лет ранее, на границе XV и XVI столетий, нашли и то и другое. В 1585 году англичане предприняли первую попытку колонизации Северной Америки. На деньги сэра Уолтера Роли, приближённого королевы Елизаветы, была отправлена экспедиция. Она построила поселение на острове Роанок, неподалёку от берега нынешней Северной Каролины. В 1586 году колонию посетили корабли английского исследователя и пирата Фрэнсиса Дрейка, и многие поселенцы отправились с ним домой. В 1587-м Роли послал на Роанок ещё одну группу. Прибыв на место, англичане не нашли следов поселения. Исчезли более ста человек, в их числе 17 женщин и 11 детей. Затея сэра Роли вошла в историю под названием «Потерянная колония» (Lost Colony). Его имя увековечено: столица штата Северная Каролина — город Роли.

Виргинская колония была зачата в Лондоне десятками частных вкладчиков. 20 декабря 1606 года на их деньги три корабля отправились в Северную Америку. В апреле 1607 года они достигли американского берега в Чесапикском заливе и начали поиски места для постоянного обитания. Таковое было найдено в пятнадцати милях от устья реки, которую англичане назвали Джеймс. 14 мая 1607 года был заложен форт Джеймс — будущий Джеймстаун. Это день основания первого постоянного англоязычного поселения на территории будущих Соединённых Штатов Америки (испанцы основали Сент-Огастин во Флориде четырьмя десятилетиями ранее).

Форт — военное поселение, и с 14 мая 1607 года до 30 июля 1619 года в Виргинии действовал военный порядок: приказ начальника не подлежал обсуждению. Так было на протяжении двенадцати лет и в форте Джеймс, и в других образовавшихся вдоль Джеймс-ривер поселениях.

Первые 104 колониста — те, что высадились с первых трёх кораблей, — вряд ли догадывались, что их ждёт на новом месте. Большинство было не готово к военной дисциплине, и все как один были не готовы к летней влажной жаре и снежным зимним морозам, к необходимости добывать съестное, к общению с индейцами — бывало дружескими, но случалось и откровенно враждебными, и, конечно, к болезням в непривычном климате. Смерть косила поселенцев едва ли не с самого начала.

О первых годах форта Джеймс мы знаем из публикаций Джона Смита, бывшего членом совета управляющих колонией. В течение почти всего 1608 года он был диктатором. «Кто не работает, тот не ест!» («He that will not work shall not eat!») — объявил Смит поселенцам, среди которых было немало уклоняв-

Форт Джеймс

шихся от повседневной тяжёлой работы. Такая жизнь пришлась далеко не всем по вкусу. Уже в первой партии колонистов — тех, кто прибыл в Виргинию весной 1607 года, — были пожелавшие жить на воле в индейских деревушках, а не в военном гарнизоне. Они положили начало бегству колонистов из форта. Дезертирство никогда не было массовым, но всегда было заметным.

В группе колонистов, прибывших из Англии в 1608 году, было несколько немцев и поляков. Мастера на все руки, они занялись строительством. О построенных ими домах узнал Вахансонакок — главный вождь индейских народов, обитавших в регионе. Он тоже хотел жить в бревенчатом доме и попросил Смита отрядить в его распоряжение пару плотников. Отправились двое — немец и поляк. Построив вождю дом, они не пожелали возвращаться в форт, остались жить с индейцами. Им требовалась не только еда, но и женское тепло. Первые две англичанки приехали в Джеймстаун в 1608 году. На следующий год прибыло ещё несколько. Но в первые годы колонии женщин не хватало, а у индейцев они были в избытке и легко вступали в связь с европейцами. Так сделали Покахонтас со Смитом.

В декабре 1607 года Смит отправился с двумя помощниками вверх по Джеймс-ривер. Они погрузили в лодку товары — для обмена у индейцев на кукурузу и индюшек. Не зная, что у пришельцев была мирная цель, индейцы взяли Смита в плен, а его помощников убили. Они доставили пленника вождю, которому предстояло решить его судьбу. Если полагаться на воспоминания Смита, Вахансонакок приказал размозжить ему голову. Но когда подручные были готовы исполнить приказ, Покахонтас положила свою голову на голову Смита и тем самым сохранила ему жизнь. Смит остался в плену. Чтобы освободиться, он дал слово вождю, что никогда не поднимет руку на него и его подопечных. Оставаясь пленным, Смит проводил время с женщинами, в их числе и с Покахонтас, которой было 12 лет.

Джон Смит

У Вахансонакока было 87 детей. Покахонтас была младшей и самой любимой. У большинства дочерей вождя было по несколько мужей. Девочки становились женщинами, как только у них начинались месячные. Они тут же начинали половую жизнь, запросто вступая в связь с мужчинами, уже имевшими жён. Сексуальная свобода была обычной в индейских племенах. С этим столкнулись французы, осваивавшие Канаду, и пуритане в Новой Англии. Пуритан — религиозных фанатиков — это возмущало. Желание женщин коренного населения вступать в связь едва ли не с первым встречным они считали одним из доказательств того, что индейцы — дикари.

Мы знаем многое о Покахонтас. Попав в плен к колонистам, когда Смита уже не было в Джеймстауне, она выучила английский язык, приняла христианство и в 1613 году вышла замуж за Джона Рольфа. К этому времени колонисты осознали, что золота и серебра в Виргинии нет. Наиболее предприимчивые занялись табаководством, и Рольф был в числе разбогатевших на торговле табаком. В 1616 году он отправился в Англию вместе с женой и сыном Томасом. На следующий год 22-летняя Покахонтас скончалась, как полагают, от оспы.

В 1617 году глава Виргинской компании в Лондоне Эдвин Сэндс пришёл к выводу, что отказ от гарнизонной дисциплины будет способствовать развитию и процветанию колонии, привлечёт людей, желающих купить землю за океаном независимо от компании.

Покахонтас

Осуществление задуманного сэр Сэндс возложил на нового управляющего колонией Джорджа Ярдли, который жил в Джеймстауне с 1609 года и знал все проблемы колонии, раскинувшейся вдоль Джеймс-ривер от Чесапикского залива до её верховий. В ноябре 1618 года Ярдли получил приказ из Лондона. Ему предписывалось «организовать магистрат и принять законы, которые установят справедливую форму правления для благоразумного руководства и управления людьми».

Создание магистрата — избранного правительства — Ярдли начал с местных выборов. Он установил в границах колонии четыре района-корпорации и распорядился, чтобы жители каждого избрали своё правительство, а также выбрали представителей в правительство всей колонии — Генеральную Ассамблею Содружества Виргинии. Голосовали только мужчины; женщины и наёмные (кабальные) слуги не имели права голоса. Возник конфликт с немцами и поляками. Англичане считали, что чужестранцы не должны голосовать. В знак протеста чужестранцы отказались работать. Это была первая в истории забастовка, возможно, первая во всём мире. Стачечники добились своего.

В пятницу 30 июля 1619 года в Джеймстауне открылась первая сессия Генеральной Ассамблеи. В ней участвовали Джордж Ярдли, четыре его советника и двадцать два представителя от четырёх районов-корпораций и семи частных плантаций. Они собрались в только что построенной церкви. Ярдли председательствовал. Его личный секретарь Джон Пори был спикером. 4 августа, в последний день работы парламента, Ярдли объявил, что следующая сессия откроется 1 марта 1620 года.

30 июля 1619 года.
Первая сессия Генеральной Ассамблеи Содружества Виргинии

За шесть дней работы Генеральная Ассамблея приняла десятки законов. Они касались отношений с торговцами из других мест, с рабочими и наёмными слугами; устанавливали объём производства кукурузы, конопли, шёлковой нити, льна и винограда. Одобренные Ассамблеей законы запрещали безделье, азартные игры, пьянство и «излишества в одежде». Жителей обязывали соблюдать религиозные праздники. Осуждалось «нечестное отношение с женщинами». Приветствовалось «обращение индейцев в христианство». Запрещалась продажа оружия индейцам, нарушителям закона грозила виселица. Ассамблея была и судом, могла рассматривать индивидуальные и групповые жалобы. И уже первая сессия рассмотрела жалобу индейцев на Джона Мартина, владельца одной из плантаций.

Мартин отправил в Чесапикский залив лодку со своими рабочими. Им следовало совершить сделку с индейцами —

обменять медные украшения на кукурузу. Колонисты отобрали у индейцев кукурузу, а взамен ничего не дали. Индейцы пожаловались. Ассамблея решала, могут ли два представителя плантации Мартина быть аккредитованы как депутаты. Ему поставили условие: признай свою вину — и дело будет улажено. В противном случае, сказал спикер Пори, «два представителя будут удалены». Мартин отказался извиняться, но заверил Ассамблею, что «подобное никогда не повторится».

4 декабря 1619 года виргинцы, жившие на плантации Беркли (ныне здесь музей) праздновали День Благодарения. До второй половины XIX века мало кто сомневался, что первый День Благодарения в Америке праздновался не в Массачусетсе, а в Виргинии. Но история была переписана, и не секрет, почему.

Каждого, кто интересуется историей, не может не привлечь дата, когда День Благодарения стал национальным праздником. Президент Авраам Линкольн объявил об этом 3 октября 1863 года — в разгар Гражданской войны. Страна была расколота — не только между Союзом, северными штатами, и Конфедерацией, южными штатами. Не было единства и на Севере. Подавляющее большинство северян поддерживали Линкольна в войне за сохранение единого и неделимого Союза — Соединённых Штатов Америки. Но 1 января 1863 года Линкольн провозгласил Прокламацию об эмансипации, в которой вразрез со своими предыдущими утверждениями объявил, что цель войны — это освобождение чёрных рабов. Многие северяне не хотели проливать кровь за освобождение чёрных. Рекруты столкнулись с трудностью пополнения армии. В июле 1863 года взбунтовался Нью-Йорк. Белые убивали чёрных. Бунт продолжался пять дней и был подавлен регулярной армией. 120 человек были убиты, несколько тысяч ранены. Сопротивления призыву в армию происходили в других городах. Северян следовало объединить, и Линкольн, глубоко верующий человек, решил воспользоваться многовековой христианской традицией благодарить осенью Господа за урожай. Он объявил День Благодарения национальным праздником.

Южане потерпели в войне поражение, а историю пишут, как известно, победители. Закончилась Гражданская война, и победители взялись за переписывание истории. Самым известным из её толкователей стал родившийся в Массачусетсе профессор истории Гарвардского университета Генри Адамс — праправнук второго президента, правнук шестого президента, сын посла в Британии во время Гражданской войны. За год до провозглашения Линкольном Дня Благодарения национальным праздником Адамс призвал историков «к фланговой, а лучше фронтальной атаке на виргинскую аристократию». Его призыв был услышан. Началось переписывание истории, и оно приобрело массовый характер. Джеймстаун и первая колония стали исчезать из учебников, книг, журналов либо упоминались вскользь. Всё хорошее в Джеймстауне не заслуживало внимания. Акцент делался исключительно на плохом — раздорах среди колонистов, войнах с индейцами... В школах и университетах учили: Америка началась с Плимутской колонии.

Авторы «Программы 1619» шагнули дальше. Их цель — внедрить в сознание американцев: страна началась со дня продажи африканцев виргинским колонистам. В изучении истории следует делать акцент на расистской сущности

Соединённых Штатов Америки. Эту цель оглашал Пулитцеровский центр — партнёр нью-йоркской газеты в пересмотре истории. На оборотной стороне обложки журнала с «Программой 1619» Центр разместил такую рекламу: «Учителя, вы ищите способы использовать в классе затронутую проблему? На сайте pulitzercenter.org/1619 вы можете найти разработанные Пулитцеровским центром учебные программы и руководства для своих учеников. И всё это бесплатно!..»

Основанный в 2006 году и базирующийся в Вашингтоне Пулитцеровский центр занимается всевозможными проблемами — как американскими, так и международными (присуждение Пулитцеровских премий не входит в его функцию), и в частности школьными проблемами. Деятельность Центра оказывает влияние на составление учебных программ.

28 августа, через десять дней после публикации «Программы», The Washington Post напечатала пространную статью «Преподавать правду об Америке» («Teaching America's truth»). Газета сетовала: «Говорить в американской государственной школе о рабстве с давних пор не удаётся. Многие учителя чувствуют себя плохо подготовленными, и большинство учебников скользят по поверхности». Газета ставила в пример преподавателей, которые делают акцент на роли расизма в формировании страны. Таких учителей пока недостаточно. Когда станет большинство, цель «Программы 1619» может быть достигнута. Мальчики и девочки начнут усваивать со школьной скамьи, что живут в стране, основанной белыми расистами, и что расизм проник во все сферы общества и до сих пор не изжит.

Журнал The New York Times Magazine огласил «Программу 1619» незадолго до начала нового учебного года, но и этих двух-трёх недель оказалось достаточно для отделов образования некоторых городов, чтобы её внедрить. В ежегодном — за 2019 год — отчёте Пулитцеровский центр рапортовал: «Десятки тысяч школьников во всех 50 штатах воспользовались предоставленными им учебными ресурсами». В частности: 355 156 школьников в Чикаго, 40 794 — в Вашингтоне, 38 218 — в Уилмингтоне (штат Делавэр), 96 756 — в Уинстон-Сейлем (штат Северная Каролина), 31 050 — в Буффало (штат Нью-Йорк).

Всего без малого 600 тысяч… Это только в городах четырёх штатов и в столице страны… Ну а сколько «во всех 50»? Сколько миллионов? И это в первый учебный год после оглашения «Программы»… А сколько миллионов в следующем — 2020–21-м учебном?

Историки — либералы и консерваторы, левые и правые — критиковали и критикуют «Программу 1619» за искажение истории, подтасовку или сознательное умалчивание фактов. Опубликованы книги с детальным перечнем её пороков. Назову только одну: «1620: критический отклик на "Программу 1619"» («1620: A Critical Response to the 1619 Project»), написанный президентом Национальной ассоциации учёных (National Association Scholars) Питером Вудом. Но десятки, сотни историков — ничто в сравнении с многосоттысячной армией учителей, союзник которой одна из двух главных политических партий и поддерживающие эту партию СМИ. Вымысел может победить правду.

Гомер американского Юга

Шелби Фута хоронили под огромной магнолией на кладбище Элмвуд неподалёку от Мемфиса, штат Теннесси. Это место он выбрал сам за много лет до смерти — вскоре после того, как написал предисловие к истории кладбища, открытого в 1852 году. Среди 70 тысяч «обитателей», как назвал Шелби тех, кто обрел здесь вечный покой, губернаторы и сенаторы, бизнесмены и издольщики, стражи закона и преступники. Здесь же находятся могилы более тысячи участников Гражданской войны, о которой Фут написал трёхтомную историю.

Фута похоронили рядом с могилами семьи генерала Конфедерации Нейтана Бедфорда Форреста, одного из самых известных военачальников, о котором на Юге сложены легенды и о котором вряд ли услышишь доброе слово в сегодняшней Америке. Форреста предали земле в Элмвуде в 1877 году, но в 1904-м его останки перезахоронили в парке, носящем его имя.

Фут умер 27 июня 2005 года. Похороны 30 июня были немноголюдными, несмотря на его общенациональную известность. Пастор Джон Сиуэлл из епископальной церкви Св. Джона в Мемфисе объяснил это желанием жены умершего: «Она сказала мне, что мистер Фут не хотел ничего грандиозного. Он не хотел, чтобы собралось много людей и каждый говорил, каким замечательным человеком был покойный».

Шелби Фут, скончавшийся в возрасте 88 лет, был действительно замечательным человеком.

Его жизнь можно разделить условно на две неравные части — до сентября 1990 года и после. В этом году Футу исполнилось 74 года, и он многого достиг: автор нескольких романов и фундаментальной трёхтомной истории Гражданской войны, писатель, талант которого был отмечен ещё в конце 50-х годов Уильямом Фолкнером... «Я никогда не думал прожить больше 65», — говорил Фут в одном из интервью и, естественно, не предполагал, что когда-либо станет знаменитостью. Его жизнь изменилась после того, как по каналам Общественного телевидения в течение пяти сентябрьских вечеров 1990 года был показан телефильм «Гражданская война». Фильм не имел никакого отношения к сочинениям Фута, который участвовал в нём в качестве комментатора. Создатель фильма Кен Бёрнс не ошибся, пригласив Фута комментировать события войны между Севером и Югом, и 14 миллионов зрителей (столько собиралось каждый вечер у телеэкранов) увидели и услышали седого господина, рассказывавшего о самой кровопролитной в истории Америки войне. Он говорил не спеша, время от времени попыхивая трубкой. Он повествовал о войне из своего рабочего кабинета, располагавшего не к войне, а к миру. И он сам располагал к себе каждого слушавшего. Для всех, кто видел и слышал его, он стал человеком, олицетворявшим Юг.

Феноменальным успехом телесериал был обязан в первую очередь Шелби, и это прекрасно понимал автор фильма. «Я провёл с ним два дня и понял, что рассказывать должен только он, — говорил Бёрнс о своём выборе комментатора. — Получить Шелби было равнозначно тому, чтобы получить самого Бобби Ли!»

Да, действительно, и своим видом, и спокойной манерой говорить, и, конечно же, южным акцентом Шелби Фут заставлял каждого вспомнить о Роберте Ли — прославленном генерале Конфедерации. В течение пяти вечеров он появился на телеэкране 89 раз и стал «звездой» национального масштаба. Трёхтомник о Гражданской войне, который прочитали десятки тысяч, теперь читали сотни тысяч. Стали переиздаваться большими тиражами романы и повести Фута. Приглашения выступать приходили со всех концов страны — из университетов, библиотек, общественных организаций. Не было отбоя от журналистов, настаивавших на интервью. «Кошмар», — сказал однажды он в ответ на вопрос о текущей жизни. Репортёру, желавшему узнать, есть ли у Фута какие-либо хобби, он ответил в сердцах: «Никаких!». А затем добавил, чтобы тот, наконец-таки, отстал: «Люблю иногда выпить».

Но слава есть слава. От неё никуда не денешься. И Футу пришлось рассказывать на старости лет о своей жизни и, конечно, о том, почему жизнь Юга и, разумеется, война Юга и Севера заняли центральное место в его творчестве.

«Любое понимание этой страны, — говорил Фут, — должно основываться — и я имею в виду по-настоящему основываться — на изучении Гражданской войны. Я совершенно в этом уверен. Она определила нас. Революция внесла свою лепту. Как и наше участие в европейских войнах, начиная с Первой мировой. Но Гражданская война сделала нас такими, какие мы есть, определила наши хорошие и плохие стороны, и, если вы собираетесь постичь американский характер XX века, вам совершенно необходимо изучить великую катастрофу XIX. Это был перекрёсток нашего бытия, и этот перекрёсток был адским».

Родившийся в Гринвилле (штат Миссисипи) в 1916 году Фут знал об этом по рассказам в своей семье и по рассказам людей, переживших Гражданскую войну и страшный для Юга период Реконструкции, когда бывшие штаты Конфедерации жили под оккупантами с Севера. Прадед писателя полковник Хезекай Уильям Фут был противником отделения южных штатов, но пошёл сражаться за Юг. «И я пошёл бы. Я был бы со своим народом вне зависимости от того, прав народ или неправ, — говорил Фут в беседе с Тони Горвицем, автором книги "Конфедераты на чердаке" ("Confederates in the Attic"). — Был бы я против рабства или нет, я был бы с Югом. Общество нуждается во мне, и значит я с ним».

Победившему Северу был предложен экзамен, и победители, считает Фут, этот экзамен провалили. «Рабство было первым большим злом в этой стране. Вторым злом, — уверен он, — была эмансипация, точнее то, как она проводилась. Правительство объявило четырём миллионам рабов: "Вы свободны! Идите куда хотите!" Но три четверти из них не умели читать и писать. Лишь единицы имели какую-либо профессию...»

«Ни одна из тринадцати колоний не присоединилась бы к Союзу, если бы не считала, что может так же легко выйти из его состава», — говорил Фут другому

интервьюеру, объясняя, почему южные штаты не наруша-
ли никаких законов, порывая с Соединёнными Штатами.

Фут рос, уверенный в этом, и сохранил уверенность
до конца дней. В Гринвилле не праздновали 4 июля. Для
жителей штата Миссисипи это был не день Независимости, а день траура: 4 июля 1862 года северяне захватили
город Виксберг, переломив тем самым ход войны на Западном фронте.

Сочинительством Фут увлёкся ещё в школе — писал
и редактировал школьную газету. Он стал и постоянным
автором журнала Carolina в Университете Северной Каролины, в который поступил в 1935 году; писал рассказы
и книжные рецензии. Его интересовали только два пред-
мета — английский язык и история, и он просиживал
днями в университетской библиотеке, пропуская лекции
по всем остальным предметам. Фут проучился два года
и покинул «конформистский», как он говорил, университет. Он вернулся в Гринвилл, где брался за различные
работы и, в частности, сотрудничал в городской газете
The Delta Star. Тогда же Фут записался в Национальную
гвардию штата Миссисипи, изучил артиллерийское дело,
и когда Америка вступила во Вторую мировую войну,
он в чине капитана стал инструктором новобранцев.
В 1943 году дивизию, в которой он служил, отправили
на Британские острова, где американская армия готови-
лась к высадке на континент. Но он не принимал участия
в десанте в Нормандию.

Капитан Фут не поладил с вышестоящим начальством,
полковником, вступившись за подчинённого, и начальник
нашёл способ ему отомстить. Повод для этого дал сам Фут.
Его часть располагалась неподалёку от Белфаста. Здесь

в один из выходных дней капитан познакомился с девушкой, и время от времени вырывался на свидания. Но для этого каждый раз требовалось разрешение. Однажды Фут пренебрёг разрешением, его отсутствие заметили. Он пошёл под трибунал, был разжалован и отправлен в Америку.

Для парня, выросшего на Юге, отчисление из армии было позором. Вернуться домой, когда продолжалась война, он не мог. Фут задержался в Нью-Йорке и стал сотрудничать с информационным агентством «Ассошиэйтед-пресс». Сотрудничество продолжалось недолго. Ему удалось записаться рядовым в корпус морской пехоты. В Сан-Диего он готовился вместе с другими новобранцами к высадке в Японии. Высадки не потребовалось. Её отменила атомная бомбардировка Хиросимы и Нагасаки. Война закончилась.

Фут вновь занялся творчеством — продолжал писать в городскую газету Гринвилла, а затем его рассказы начала печатать нью-йоркская The Saturday Evening Post, которую читала вся страна. Это был успех! Воодушевлённый Фут приступил к сбору материалов к трём, как он планировал, романам о Юге. В 1952 году в свет вышел роман «Шайло», повествующий о сражении в апреле 1862 года в Теннесси у протестантской церкви Шайло, где в течение двух дней северяне и южане потеряли убитыми и ранеными 24 тысячи солдат — больше чем в Войне за независимость, в войне 1812 года и в Мексиканской войне. Перед написанием романа и уже в ходе работы над ним Фут посетил место сражения у Шайло больше двадцати раз. Приезжал туда к рассвету, поскольку на рассвете началось сражение. «Клянусь, я мог видеть и слышать

Шелби Фут

солдат, идущих по лесу», — вспоминал он.

Роман «Шайло» имел успех, и Фут готовился приступить к осуществлению второй части проекта — теперь уже в Мемфисе, в 150 милях вверх по Миссисипи от Гринвилла. Неожиданное предложение издательства Random House не только нарушило планы писателя, но и кардинальным образом изменило его жизнь.

Приближалось столетие Гражданской войны, и владелец издательства Беннет Керф, с увлечением прочитавший роман «Шайло», предложил Футу написать краткую историю войны. Фут принял предложение. Во-первых, его всегда интересовала эта война. Он с детских лет читал книги о ней, встречался с очевидцами. Во-вторых, его устраивали сроки написания — Керф не торопил. В-третьих, удовлетворяли финансовые условия. Фут подписал контракт и приступил к сбору материалов. Через несколько месяцев он осознал, что одним томом ограничиться нельзя, и отправил в издательство предложение о трёхтомной истории. Ответ пришёл через полторы недели: «Согласны. Приступайте». Тогда, в 1954 году, он не представлял, что ему потребуется на это 20 лет. «К счастью, у них хватило терпения», — сказал он в одном из интервью о руководителях издательства.

Готовясь к написанию, Фут прочитал десятки воспоминаний и биографий участников Гражданской войны, изучил правительственную 158-томную военную историю войны, побывал в тысячах мест, где проходили сражения, — от гигантских и вошедших в историю до почти забытых. Он хотел ощутить себя как в серой форме конфедерата, так и в синей форме юниониста.

Результатом явился труд в 1 миллион 650 тысяч слов — в два раза больше Библии. Первый том вышел в свет в 1958 году. Второй том был опубликован в 63-м. И потребовалось ещё 11 лет, прежде чем читатели получили последний том.

Реакция на гигантский труд была неоднозначной. Многие южане в штыки встретили работу Фута, обвиняя его в «предательстве» Юга. Он не оправдывал ни Север, ни Юг, а это не вызвало аплодисментов и на Севере. Мнение рядовых читателей разделилось, и речь шла только о литературных качествах. Профессиональные историки негодовали. Одни жаловались на то, что Фут обошёл стороной политические факторы. Другие считали, что и экономическим факторам, приведшим к войне, не уделено достаточного внимания. Все хором жаловались на отсутствие каких-либо ссылок на использованную литературу. Джеймс Макферсон, профессор истории Принстонского университета, труд которого о Гражданской войне считается классическим, написал, что Фут с предубеждением относится к Линкольну и к Северу. И, наконец, историки в один голос говорили о трёхтомнике как о «литературе», а не истории.

Фут никогда не выдавал себя за профессионального историка или военного эксперта и не скрывал того, что думает о своей работе: «Да, я писал её, как пишут художественные произведения. И не правы профессиональные историки, считающие, что хорошая литература мешает истории. Может быть, именно поэтому многие не читают историю».

Трёхтомник Фута имел ограниченный успех. Бестселлером он не стал. Его прочитали, конечно, все, кто интересуется Гражданской войной. Но он не занял места в домашних библиотеках. В сентябре 1990 года всё изменилось. В этом месяце Фут вошёл в дома миллионов американцев, и начался литературный бум его произведений, не только исторических, но и художественных, написанных как до 1954 года, так и после 1974-го. В конце сентября 1990 года каждый день продавалось не менее тысячи экземпляров изданного книгой в мягкой обложке текста сериала «Гражданская война». Летом 1991 года издательство Random House рапортовало о продаже 130 тысяч экземпляров трёхтомника «Гражданская война». «Кен, вы сделали меня миллионером», — сказал Фут автору телесериала Бёрнсу.

В 1999 году издательство Modern Library поставило труд Фута о Гражданской войне на 15-е место в списке 100 лучших документальных произведений XX века, написанных на английском языке.

В сообщении о смерти Фута газета The Atlanta Journal Constitution сравнивала его с Гомером, описавшим в «Иллиаде» Троянскую войну. Гражданская война с её героями и трагедиями означала для Америки не меньше, чем Троянская — для Древней Греции. «Мы потеряли современного Гомера», — писала выходящая в столице Джорджии газета. Она была не первой, проведшей такое сравнение.

Справедливо ли оно, нам не суждено узнать. Для этого надо заглянуть в следующее тысячелетие: будут ли читать американцы «Гражданскую войну» Шелби Фута?

До конца своих дней Фут жил жизнью человека своего времени, не обращая внимания на достижения науки и техники. Писал он пером, макая его в чернила. Пользовался телефоном-вертушкой. Никогда не держал секретарей и помощников. Сам отвечал на письма. Фут часто цитировал поэта Джона Китса: «Факт не становится правдой, пока вы не полюбили его». Он любил факты Гражданской войны, и именно поэтому написанная им история читается, как произведение искусства.

К истории американо-российских отношений:

от Джона Куинси Адамса до Джона Турчина

В ноябре 2001 года, во время визита президента России Владимира Путина в Вашингтон, общенациональная газета USA Today напечатала подборку исторических фактов об отношениях США и России. Исчисление начинается с 1867 года, когда Соединённые Штаты купили у России Аляску. Но отсчёт следует, конечно, начинать с 1781 года, когда в Санкт-Петербург, столицу имперской России, прибыл Фрэнсис Дейна — первый посол родившейся пятью годами ранее Республики — Соединённых Штатов Америки.

Первый посол США в России вошёл в историю благодаря своему секретарю Джону Куинси Адамсу, которому в 1781 году было всего-навсего 14 лет. К этому времени юный Адамс уже прожил три года в Европе, где Джон Адамс, его отец, будущий президент, был на дипломатической работе во Франции, Голландии, Британии. Сын — тоже будущий президент — не терял времени даром, постигал юриспруденцию, учил языки. Французский Джон Куинси знал в совершенстве. Назначенный послом в Санкт-Петербург Дейна по-французски не говорил, а это был официальный язык государственного российского аппарата. Адамса-подростка определили ему в помощники. Императрица Екатерина II не удосужилась встретиться с американским послом, и его игнорировали все российские чиновники. В 1783 году Фрэнсис Дейна и его юный секретарь покинули Россию.

Спустя 26 лет — в 1809 году — 42-летний Джон Куинси Адамс прибыл в Санкт-Петербург уже как посол, и не прошло и двух недель со дня его приезда, как его принял император Александр II. Между российским самодержцем и послом республиканской Америки установились приятельские отношения. Они часто прогуливались по набережной Невы, беседовали о том о сём. О прогулках с императором Адамс поведал в личных дневниках. Он рассказал в них и о петербургском светском обществе.

Добрые отношения с императором способствовали дружбе с элитой государства российского.

Пребывание Адамса в Санкт-Петербурге совпало с вторжением Наполеона в Россию. Американский посол настаивал на нейтралитете своей страны в европейской войне. Адамс согласовал с Россией право для американских торговых судов заходить

Джон Куинси Адамс

в российские порты. Через десять лет после возвращения в Америку, в 1824 году, Джон Куинси Адамс был избран президентом США.

Из ранней истории американо-российских отношений нельзя вычеркнуть избрание Бенджамина Франклина почётным членом Императорской академии наук. Избрание произошло 2 ноября 1789 года. Связано оно с княгиней Екатериной Романовной Дашковой — подругой Екатерины II. Одна из образованнейших женщин своего времени, княгиня Дашкова занимала посты директора Санкт-Петербургской Академии Наук, председателя Российской императорской академии, активно участвовала в создании первого толкового Словаря русского языка. Дашкова познакомилась с Франклином в Париже, где он был послом молодой американской республики.

«Движимый чувством уважения и дружбы ко мне, он предложил меня в члены почтенного и знаменитого общества в Филадельфии, куда я и была принята единогласно», — пишет Дашкова в своих мемуарах о том, как стала членом Американского философского общества, основанного Франклином в 1743 году.

Десятилетие спустя после встречи с Франклином в Париже Дашкова разбирала бумаги Российской императорской академии и (читаем мы в её мемуарах) «с удивлением заметила, что знаменитый Вениамин Франклин не числится среди иностранных членов». Она тут же предложила его кандидатуру и «знаменитый и почтенный учёный получил все утвердительные голоса». Дашкова писала Франклину: «Прошу Вас, милостивый государь, принять этот диплом и считать, что окажите этим честь для нашей Академии».

Джон Куинси Адамс — не единственный посол США в России, ставший президентом. Джеймс Бьюкенен, бывший в Белом доме перед Авраамом Линкольном, провёл один год (с 1832-го по 33-й) в Санкт-Петербурге в качестве посла. Ему пришлось выслушать немало критики в адрес американских газет, насмехавшихся над российской монархией. Официальный Санкт-Петербург просил правительство Соединённых Штатов запретить критику, и Бьюкенену пришлось объяснять, что не во власти президента США диктовать прессе, что следует печатать и чего не следует.

Во время Крымской войны (1853–56) симпатии американского народа, американской прессы и правительства были целиком на стороне России. Российская дипломатическая миссия в Вашингтоне получила сотни писем от американцев, желавших служить добровольцами в русской армии. Три сотни добровольцев из штата Кентукки просили отправить их в Севастополь сражаться с англичанами.

Весной 1855 года военный министр Джефферсон Дэвис (будущий президент Конфедерации) отправил в Европу комиссию в составе трёх офицеров — дабы изучить организацию европейских армий и быть наблюдателями Крымской войны. Правительство России не дало официального разрешения американским офицерам побывать на фронте. Однако капитану Джорджу Маклеллану (в будущем одному из генералов армии Союза, а в 1864 году кандидату Демократической партии на президентских выборах) и его помощникам удалось попасть в Севастополь и увидеть своими глазами, как русские войска защищают город.

Государственный секретарь Уильям Мерси неоднократно публично выражал поддержку России в Крымской войне. В марте 1855 года император Александр II, сменивший на троне умершего Николая I, выразил благодарность президенту Франклину Пирсу и госсекретарю Мерси за их поддержку России.

Легко объяснить, почему страна, в которой, как сказал президент Линкольн в 1863 году в Геттисбергской речи, «власть народа, осуществляемая народом и существующая для народа», симпатизировала стране с абсолютной монархией. В Соединённых Штатах к Англии относились без особых симпатий со времени Войны за независимость. Ещё больше усугубила отношение между двумя странами и Англо-американская война 1812 года. Когда в США началась Гражданская война, Англия не исключала возможности дипломатического признания Конфедерации, Российская империя, у которой были свои счёты с британской короной, поддержала президента Линкольна в войне с Конфедерацией за сохранение единства страны.

Неизбежность выхода южных штатов из состава Союза стала ясна после победы Линкольна на выборах 1860 года. В декабре того же года Южная Каролина откололась первой. До 4 марта 1861 года — дня инаугурации Линкольна — о своём выходе из Союза объявили (в хронологическом порядке) Миссисипи, Флорида, Алабама, Джорджия, Луизиана и Техас. 4 февраля представители отделившихся штатов создали Конфедерацию и через пять дней избрали Джефферсона Дэвиса её президентом.

Аккредитованные в Вашингтоне дипломаты европейских стран внимательно следили за развитием событий. Вот что докладывал в Санкт-Петербург глава российской миссии барон Эдуард фон Стекль: «Мистер Линкольн не обладает талантами и энергией, которые приписала ему его партия, когда выдвинула своим кандидатом в президенты. Теперь даже его сторонники признают, что он — человек безукоризненной честности, но умеренных способностей…»

Такого же мнения о президенте придерживалось большинство членов дипломатического корпуса. Интересно мнение российского посла о президенте Конфедерации Дэвисе, высказанное в том же послании в Санкт-Петербург: «Один из выдающихся деятелей в Соединённых Штатах. Начал карьеру как военный и отлично проявил себя в Мексиканской войне… Был сенатором и военным министром в администрации президента Пирса. Занимал пост министра во время Крымской войны и проявил себя как убеждённый сторонник нашей борьбы…»

Посланцы президента Конфедерации приезжали в Вашингтон до начала военных действий. Они встречались с главами дипломатических миссий и зондировали почву на предмет признания Конфедерации Соединённых Штатов. А. Б. Роман, один из посланцев Дэвиса, встречался со Стеклем. После этого российский посланник встретился с Уильямом Сьюардом, госсекретарём в администрации Линкольна, и предложил свои услуги в разрешении конфликта. Фредерик Сьюард, сын госсекретаря и его помощник, вспоминал, что русский посол «предпринимал усилия к взаимопониманию между ними [представителями Конфедерации] и администрацией Линкольна». Однако когда конфедераты обстреляли форт Самтер, стало ясно, что войны не избежать, и вопрос о посредничестве российского посланника отпал.

До вступления на пост президента Линкольн никогда не скрывал отрицательного отношения к «деспотическому», как говорил он, российскому режиму. В январе 1852 года Линкольн, занимавшийся в то время частной адвокатской практикой в городе Спрингфилде (штат Иллинойс), был одним из главных ораторов на встрече с совершавшим поездку по стране Лайошем Кошутом — вождём Венгерской революции, подавленной при участии русской армии. Линкольн стал соавтором резолюции, в которой, в частности, говорилось: «Вмешательство России в борьбу венгров было, по нашему мнению, незаконным...» В августе 1855 года в письме своему другу Джошуа Спиду Линкольн характеризовал Россию как страну, в которой «даже вида не делают, что любят свободу..., где деспотизм в чистом виде...» Но когда началась Гражданская война, и президент Линкольн, и госсекретарь Сьюард сознавали, что возможность США противостоять Англии и Франции во многом зависит от поддержки России.

Снаряжая в Санкт-Петербург посла Кассиуса Марселлуса Клея, президент и госсекретарь говорили о необходимости добиваться расположения России. Будучи принципиальным противником рабовладельческого строя, Клей высоко оценил решение Александра II покончить с крепостным правом (российский император издал указ об освобождении крестьян 3 марта 1861 года — за день до инаугурации Линкольна). В отчёте о первой встрече с царём Клей привёл слова императора, что Россию и Америку «объединяет общая симпатия к делу эмансипации». Позднее, уже вернувшись в Соединённые Штаты, Клей писал: «Я сделал больше, чем кто-либо другой для ликвидации рабовладения. Я сохранил для нас Россию и, таким образом, предотвратил её союз с Францией, Англией и Испанией против нас. Тем самым я спас страну [США]».

Царский министр иностранных дел князь Александр Горчаков просил американского посла «передать господину Сьюарду, что политика России в отношении Соединённых Штатов определена и независима от курса любого другого государства...»

«Другим государством», которого больше всего опасались США, была Англия. По взаимной договорённости между администрацией Линкольна и российским царём, в Америку осенью 1863 года пришли две эскадры императорского военно-морского флота: шесть кораблей — в Нью-Йорк, шесть кораблей — в Сан-Франциско. Они находились в США до апреля 1864 года и отправились домой, когда стало совершенно ясно, что Англия не признаёт Конфедерацию и не намерена воевать с Союзом. Программа пребывания российских моряков в Америке была обширна. Многие из них писали о визите в далёкую страну. Я процитирую (в сокращении) отрывок из мемуаров композитора Николая Андреевича Римского-Корсакова, бывшего во время описываемых событий гардемарином и служившего на клипере «Алмаз», который стоял в Нью-Йоркской гавани:

«В Соединённых Штатах мы пробыли с октября 1863 года по апрель 1864 года. Мы побывали, кроме Нью-Йорка, в Аннаполисе и Балтиморе. Из Чисапикского залива ездили осматривать Вашингтон... Из Нью-Йорка нам, гардемаринам и офицерам, довелось съездить на Ниагару. Поездка была совершена по реке Гудзон на пароходе до Альбани, а оттуда по железным дорогам. Берега Гудзона оказались очень красивыми, а Ниагарский водопад произвёл на нас самое чудное впечатление... Пробыв на Ниагаре двое суток, мы возвратились в Нью-Йорк другим путём...

Ожидавшаяся война с Англией не состоялась, и нам не пришлось каперствовать и устрашать английских купцов в Атлантическом океане...

Во время нашей стоянки в Соединённых Штатах американцы вели свою междоусобную войну северных и южных штатов за рабовладельческий вопрос, и мы с интересом следили за ходом событий, сами держась исключительно в северных штатах, стоявших за свободу негров, под президентством Линкольна.

В чём состояло препровождение нашего времени в Америке? Присмотр за работами, стоянье на вахте, чтение в значительном количестве и довольно бестолковые поездки на берег чередовались между собой. При поездках на берег, по приходе в новую местность, обыкновенно осматривались кое-какие достопримечательности, а затем следовало хождение по ресторанам и сиденье в них, сопровождаемое едой, а иногда и выпивкой... Иногда подобные попойки оканчивались поездкой к продажным женщинам...

К апрелю 1864 года стало известно, что войны с Англией не будет и что наша эскадра получит другое назначение... В апреле наш клипер покинул Нью-Йорк для следования к мысу Горну...»

20-летнего гардемарина Римского-Корсакова, только-только окончившего морское училище, не приглашали, должно быть, на балы и приёмы для высшего офицерства. В его мемуарах о них ни слова. Но судя по другим воспоминаниям и информации тогдашних американских газет, приёмов было немало. В начале декабря 1863 года командование российского фрегата «Ослябя» устроило на борту званый ужин с участием первой леди и генерала Джона Дикса. Капитан Бутаков поднял тост за президента, Мэри Линкольн — за здоровье царя.

Посол России в Вашингтоне Стекль на протяжении всей Гражданской войны информировал Санкт-Петербург о настроениях в американской столице и о ходе военных действий. Когда Союз одолел Конфедерацию и тем самым добился сохранения целостности Соединённых Штатов, российский посол отправил князю Горчакову депешу следующего содержания: «Характерными чертами этой страны являются уверенность в себе, в своей судьбе и её вера в то, что лучшее правительство, которое Господь когда-либо создал, будет существовать всегда».

И в рядах армии «этой страны» сражались россияне. «У меня есть информация, — писал Стекль Горчакову, — что среди солдат есть несколько русских добровольцев... Я также узнал, что кто-то по имени Турчанинов, бывший русский офицер, является командиром подразделения. Не знаю, кто он и как он оказался здесь...»

Джон Турчин, генерал армии Союза

Это была не фейковая (на сегодняшнем сленге) информация. В армии Союза действительно были русские добровольцы. Это были матросы, бежавшие с кораблей российской эскадры, стоявшей в Нью-Йорке. Бывшие крепостные крестьяне сражались за свободу чернокожих рабов. Одну из бригад армии Союза возглавлял генерал Джон Турчин — бывший полковник российской армии Иван Васильевич Турчанинов, добравшийся до Америки в 1856 году как (если употреблять сегодняшнюю терминологию) политический беженец.

Только две европейские державы безоговорочно поддерживали Союз в борьбе с Конфедерацией: республиканская Швейцария и Россия — страна с абсолютной монархией. Некоторые биографы Линкольна (в частности Карл Сэндберг, книга которого «Авраам Линкольн» считается классической биографией президента) писали, что госсекретарь Сьюард с согласия президента гарантировал русскому царю покупку Аляски. Никто другой в администрации Линкольна об этом не знал. Сделка была совершена в 1867 году после убийства Линкольна при администрации Эндрю Джонсона.

И Александр II, отменивший крепостное право и названный Освободителем, и Авраам Линкольн, издавший Прокламацию об освобождении рабов, — оба стали жертвами террористов.

Мозес Эзекиль защищал родной дом

Арлингтонское национальное кладбище — одно из самых посещаемых туристами мест в нашей стране. Ежегодно здесь бывает более четырёх миллионов человек, и это, конечно, не только американцы. Не опасаясь ошибиться, предположу, что могила Джона Кеннеди — одна из самых посещаемых. Могила Неизвестных (Tomb of the Unknowns) занимает, наверное, второе место. Но многие ли туристы заглядывают в 16-ю секцию кладбища, где похоронены конфедераты, сражавшиеся с Союзом? Единицы, главным образом из штатов бывшей Конфедерации. И каждому, кто приходит сюда, открывается величественный 10-метровый (32 фута) памятник потерпевшим поражение в самой кровопролитной войне в истории Соединённых Штатов Америки. Автор памятника — Мозес Джейкоб Эзекиль, один из известнейших американских скульпторов второй половины XIX — начала XX века. Его могила — у подножия памятника. На плите выбито: «Мозес Дж. Эзекиль, сержант роты "Си" батальона курсантов Виргинского военного института».

* * *

Мозесу Джейкобу Эзекилю не исполнилось семнадцати, когда началась война, вошедшая в историю Америки как Гражданская, но которую на Юге по сей день называют иначе, чаще всего — Войной между штатами. Юный Мозес стремился сражаться, как и большинство его сверстников в Ричмонде, столице Виргинии, ставшем и столицей Конфедерации Соединённых Штатов.

Виргиния не была в числе первых штатов, порвавших с Союзом и присоединившихся к новому государству. Виргиния и не намеривалась отделяться. 4 апреля 1861 года — ровно через месяц после инаугурации президента Авраама Линкольна — 88 делегатов конвента, решавшего будущее штата, одобрили резолюцию за сохранение членства в Союзе, только 45 голосовали за отделение. Сразу же после голосования с Линкольном встретился делегат конвента Джон Болдвин, голосовавший против отделения. Он сказал президенту, что его решение отправить продовольствие и боеприпасы гарнизону форта Самтер может привести к тому, что кто-то откроет огонь, и если это случится, то большинство в конвенте Виргинии перейдёт к сторонникам разрыва с Союзом. По словам Болдвина, Линкольн не поверил ему. 12 апреля генерал Пьер Боэргард, первый генерал в только что созданной армии Конфедерации, приказал открыть артиллерийский огонь по форту Самтер. 15 апреля Линкольн объявил о наборе добровольцев. 17 апреля делегаты виргинского конвента 88 голосами против 33 одобрили выход из Союза. Вслед за Виргинией к Конфедерации присоединились Арканзас, Теннесси и Северная Каролина.

Евреи Ричмонда и всей Виргинии встретили известие о войне так же, как и остальные жители Конфедерации. В сегодняшнем Ричмонде, в Музее Конфедерации, хранится копия обращения раввина Максимилиана Микелбахера к единоверцам. Он просит молиться за солдат Конфедерации и оказать финансовую поддержку семьям виргинских добровольцев. Призыв был услышан и семьёй Джейкоба и Катерины Эзекиль, у которых было 14 детей; Мозес был пятым по старшинству.

В 1808 году дед Мозеса эмигрировал в Америку из Голландии, куда четырьмя столетиями раньше его предки бежали из Испании. Он поселился в Филадельфии, затем переехал в Ричмонд. Здесь он владел магазином готовой одежды. Работорговцы одевали в этом магазине чёрных невольников, привозимых в Ричмонд на аукцион. Когда началась война, дед Мозеса поддерживал Союз и жертвовал деньги пленным северянам. Но его дети и внуки, включая юного Мозеса, были на стороне Конфедерации.

Много лет спустя Мозес Эзекиль писал в мемуарах: «Мы воевали не ради сохранения рабства, а за права штатов на свободную торговлю. Мы защищали родные дома, в которые бесцеремонно вторгся враг». Катерина Эзекиль сказала однажды, что не потерпела бы в своей семье сына, отказавшегося служить в армии Конфедерации.

Дед за Союз, дети и внуки — за Конфедерацию. Это была обычная ситуация во многих семьях. Три брата Мэри Тодд Линкольн, жены президента США, были в армии Конфедерации, и все трое погибли на войне. Родственники Варины Дэвис, жены президента Конфедерации, сражались в армии Союза. Оба сына сенатора Джона

Криттендена из Кентукки были генералами: один — в армии Конфедерации, другой — в армии Союза.

Мозес Эзекиль рвался воевать за Конфедерацию. Он поддержал призыв раввина Микелбахера. Отец и мать не возражали, но посоветовали сыну сначала научиться владеть оружием и ездить верхом. 17 сентября 1862 года, за месяц с небольшим до своего 18-летия, Мозес поступил в Виргинский военный институт.

Мозес Эзекиль стал первым курсантом-евреем в истории Института, основанного в городе Лексингтон в 1839 году. Если бы он начал там учиться полутора-двумя годами ранее, то одним из его преподавателей был бы Томас Джексон. Но осенью 1862 года генерал Джексон был одним из ведущих командиров армии Конфедерации. В мае 1863 года курсанту Эзекилю выпала честь стоять в почётном карауле у гроба генерала Джексона, прозванного «Каменной Стеной» (Stonewall), поскольку вверенные ему подразделения не отступали, стояли стеной, отбивая атаки врага.

Мозес Эзекиль, курсант
Виргинского военного института

Много лет спустя, в 1903 году, Джон Вайз, однокурсник Мозеса, писал, что Эзекиль вряд ли мог стать хорошим офицером, уж очень он был хлипок. Но этому хлипкому курсанту пришлось вместе с соучениками принять 15 мая 1864 года участие в битве при Нью-Маркете — небольшом городе в долине Шенандоа, житницы штата Виргиния.

Весной 1864 года генерал-лейтенант армии Союза Улисс Грант приказал генерал-майору Францу Сигелю захватить контроль над долиной и перекрыть все дороги, идущие с запада на восток. В распоряжении Сигеля находилось 10 тысяч солдат. Под началом генерала южан Джона Брекинриджа было только 4500, и он обратился к руководству Виргинского военного института с просьбой о помощи. При этом обещал, что курсанты будут в резерве, их бросят в бой только в крайнем случае.

295 курсантов промаршировали 80 миль из Лексингтона до расположения армии Брекинриджа, и генерал их встретил такими словами: «Джентльмены, я верю, что ваша помощь мне не потребуется. Но если потребуется, я знаю, вы выполните свой долг».

Их помощь потребовалась. В победоносном для конфедератов сражении 48 курсантов были ранены, десять погибли. Среди погибших был ближайший друг Эзекиля Томас Гарланд Джефферсон, потомок Томаса Джефферсона. Эзекиль читал Библию у постели смертельно раненного друга... За доблесть в бою курсанту Эзекилю было присвоено звание сержанта. Битва при Нью-Маркете — единственная в истории страны, когда в одном сражении участвовали все до единого студенты высшего учебного заведения.

Поражение Конфедерации прервало учёбу курсантов. Но в конце 1865 года Эзекиль вернулся в Институт и в следующем году закончил его. К этому времени Мозеса уже знали как отличного художника. Сохранилось несколько свидетельств этого. Вот только одно.

После поражения Конфедерации Роберт Ли возглавил Колледж Вашингтона (ныне Университет Вашингтона и Ли), находящийся в Лексингтоне неподалёку от Виргинского военного института.

В 1866 году Эзекиль, курсант выпускного курса, своими рисунками привлёк внимание Ли и его жены. Бывший генерал написал 22-летнему курсанту: «Надеюсь, вы будете художником, поскольку, мне кажется, вы рождены для этого. Но кем бы вы ни стали, постарайтесь доказать миру, что, хотя мы и не добились успеха в своей борьбе, мы достойны успеха, и заработайте репутацию в той профессии, которую выберете».

Мозес Эзекиль

Мозес Эзекиль избрал профессию скульптора. Он провёл один год в Медицинском колледже Виргинии, изучая анатомию человека, потом переехал в Цинциннати, где учился в студии скульптора Томаса Доу Джонса. По совету выпускников этой студии, в 1869 году отправился в Берлин в Прусскую художественную академию.

В 1873 году Эзекиль, член Берлинского общества художников, получил международную награду, которая позволила ему переехать в Рим и основать там свою студию. Вся его последующая жизнь связана с этим городом. Время о времени он приезжал в Америку, обычно на открытие созданных им памятников.

В 1876 году Эзекиль приехал в Филадельфию на празднование столетия страны. Для филадельфийской юбилейной выставки он создал из мрамора группу «Религиозная свобода». Ныне эта работа находится в Филадельфии в Национальном музее американской еврейской истории.

Многие работы Эзекиля связаны с Виргинией, Виргинским военным институтом и Югом. В 1887 году был открыт памятник погибшим в битве при Нью-Маркете, и курсанты Института из года в год в течение многих лет участвовали в парадах перед этим памятником.

В 1910 году бронзовый памятник неизвестному солдату, названный Outlook, был установлен на берегу озера Эри на острове Джонсонс-Айленд (штат Огайо) на кладбище, где похоронены конфедераты, умершие в плену. Это был год последнего приезда Эзекиля в Америку.

Последняя работа Эзекиля — бронзовая скульптура Эдгара Аллана По, жившего много лет в Ричмонде. Она установлена в Балтиморе, где По скончался.

В 1917 году Эзекиль умер в Риме, где и был временно похоронен, поскольку шла война. 31 мая 1921 года его перезахоронили на Арлингтонском кладбище. Траурной церемонией руководил военный министр Джон Уикс. В почётном карауле стояли курсанты Виргинского военного института и в их числе — будущий командующий корпусом морской пехоты Рэндолф Маски Пейт.

«Великий виргинец, великий художник, великий американец», — говорилось в послании президента Уоррена Хардинга.

* * *

Мозес Джейкоб Эзекиль — сержант роты «Си» батальона курсантов Виргинского военного института — один из сотен евреев, сражавшихся в Войне между штатами за независимость Конфедерации. Памятник погибшим конфедератам на Арлингтонском кладбище — самое знаменитое его творение. В скульптурной группе мы видим негра-конфедерата, марширующего вместе с белыми. Это первый в истории памятник, где запечатлён чернокожий конфедерат.

В одиннадцати штатах Конфедерации жило от 20 до 25 тысяч евреев. Когда Южная Каролина и вслед за ней другие южные штаты объявили о выходе из состава Союза, евреи-южане остались верными гражданами своей земли. Типичен пример военного врача майора Дэвида Камдена де Леона — гражданина Южной Каролины.

Объявление этим штатом независимости застало его в армии, и он тут же подал генералу Уинфилду Скотту рапорт об отставке. Они были друзьями, вместе участвовали в Мексиканской войне. Скотт умолял друга отказаться от «предавшей» Союз Южной Каролины, обещал направить его на северо-запад страны, подальше от Юга. Он даже угрожал де Леону арестом, надеясь его таким образом спасти. Но де Леон всё-таки покинул армию Союза и вступил в армию Конфедерации.

Евреи служили в пехоте, в кавалерии, в артиллерии, в военно-морском флоте. Те, кто не был военным, — большинство — вступали в армию добровольно, не дожидаясь призыва. Были среди них иммигранты из Германии, покинувшие родину, чтобы избежать военной службы, и ставшие добровольцами вскоре после переезда за океан.

Меер Швабакер добрался из Европы до Ричмонда, когда война уже была в разгаре. Будучи иностранцем, он, по закону, мог уклониться от военной службы, но записался добровольцем.

Теодор Кон приехал из Баварии к своему дяде в Южную Каролину, оставив родителей. Незадолго до начала войны, когда мало кто сомневался, что её не миновать, отец Теодора написал сыну: «Сообщаю моё желание: уезжай быстрее из этой несчастной страны (Южной Каролины), потому что через несколько лет она будет лежать в руинах...» Сын не послушался отца. Он прошёл всю войну, был ранен, дослужился до капрала.

В 2000 году издательство Университета Южной Каролины выпустило книгу Роберта Розена «Евреи-

Памятник конфедератам на Арлингтонском кладбище

конфедераты» («The Jewish Confederates»), в которой есть немало строк и о скульпторе Эзекиле. «Вы, быть может, не согласитесь с этими еврейскими конфедератами, но, конечно же, вы поймёте их лучше», — написал известный всей стране юрист Алан Дершовиц в рецензии на книгу.

Кто-то не только не согласился, но и не понял. Среди таковых оказались 22 потомка Эзекиля. 20 августа 2017 года газета The Washington Post напечатала их просьбу снести установленный на Арлингтонском национальном кладбище памятник конфедератам: «Как и большинство подобных памятников, эта статуя призвана переписать историю, чтобы оправдать Конфедерацию... Как бы наша семья ни гордилась художественным мастерством Мозеса, мы — около двадцати Эзекиилей — просим убрать эту статую...»

Если вы, читатель, ещё не видели самую знаменитую работу Мозеса Джейкоба Эзекиля, поспешите. Не ровен час, вся 16-я секция Арлингтонского национального кладбища будет сравнена с землёй.

«Мозг Конфедерации» Джуда Бенджамин

Фотографировать нельзя! Запрещается!
Это было первое, что я услышал, переступив порог
бара «Соблазн». Войди я в это заведение, находящееся на первом этаже дома 327 по Бурбон-стрит, поздно
вечером или ночью, то понял бы смысл запрета: в эти
часы на сцене выступают девочки — не только топлес,
но и ботомлес, их запрещено фотографировать. Правило распространяется на все подобные места, каковых
на Бурбон тьма и куда прохожих завлекают мужчины
и женщины, профессия которых не вызывает сомнения.
Но я пришёл сюда днём, когда никого, кроме дежурной,
не было, а потому не мог взять в толк, почему запрещено.

— Я сказала: нельзя! — повторил свирепый голос, когда я достал камеру.

— А спросить вас о чём-то можно? — сказал я и, не получив ответа, всё же спросил: — Здесь давно находится
бар?

— Сколько я работаю...

— А до вас?

— Здесь всегда был ресторан! — сказала она, сделав ударение на «всегда». Она, конечно, не знала, что

Бурбон-стрит не сразу стала в Новом Орлеане тем, что представляет собой ныне. Когда-то это была вполне респектабельная улица. А в доме, где встречает гостей «Соблазн», с 1833 года по 45-й жил Джуда Бенджамин — первый в истории США сенатор-еврей, возглавлявший в последние годы жизни Всеанглийскую ассоциацию адвокатов. Он мог стать и первым в истории евреем-членом Верховного суда США, но когда президент Миллард Филлмор предложил ему этот пост, отказался от высокой чести. И Джуда Бенджамин — единственный еврей, лицо которого запечатлено на американских деньгах — двухдолларовой банкноте Конфедерации.

Работница стриптиз-бара ничего не знала о Бенджамине, что не удивляло. На доме, в котором он жил, нет мемориальной доски. Да и во всём городе нет намёка на то, что здесь три с лишним десятилетия жил этот человек. Любезная хозяйка книжного магазина «Фолкнер-Хауз» (в этом помещении проживал когда-то писатель Уильям Фолкнер), городской старожил, не поверила мне, когда я сказал ей, что в Новом Орлеане нет никаких признаков обитания здесь Бенджамина. Она тут же связалась с историческим обществом, где ей подтвердили мои слова. В местном историческом музее есть, оказывается, кровать, на которой спал Бенджамин. Но в экспозиции её нет.

Джуда Бенджамин на двухдолларовой купюре Конфедерации

Почему в Новом Орлеане абсолютно ничего не напоминает о Бенджамине? Ответ знает каждый:

Бенджамин был видным политиком в Конфедерации Соединённых Штатов. Он занимал посты министра юстиции,
военного министра и государственного секретаря. Возможно, Бенджамин не был бы забыт, если бы еврейская
община Нового Орлеана напоминала потомкам о нём.
Но тамошние евреи (и, конечно, не только тамошние)
не желают прославлять одного из ведущих деятелей Конфедерации, бывшего к тому же рабовладельцем. Американские евреи всегда назовут вам филадельфийского
купца Хаима Соломона, который финансировал армию
Джорджа Вашингтона, сражавшуюся в Войне за Независимость, но отведут в сторону глаза при упоминании, что
тысячи евреев сражались в армии конфедератов. Впрочем,
у евреев есть формальный повод не помнить Бенджамина.

Первый кабинет министров правительства
Конфедерации Соединенных Штатов.
Первый слева (сидит) министр юстиции Джуда Бенджамин

Он был далёк от религии, не состоял членом какой-либо синагоги, женился на католичке.

Юриспруденция, политика, финансы — вот что входило в круг интересов Бенджамина. Его перу принадлежит ставшая классической работа о законодательстве в торговле «Treatise on the Law of Sale of Personal Property, With References to American Decisions / to the French Code and Civil Code» («Свод законов о продаже личного имущества со ссылками на американские решения, свод законов Франции и гражданский кодекс»). Изданная в 1868 году в Англии эта работа стала классическим учебником юриспруденции, неоднократно переиздавалась. Биографы Бенджамина рассказывают, что вскоре после выхода книги в свет барон Самуэль Мартин, один из известнейших английских судей, занял своё кресло в суде и попросил клерка принести книгу Бенджамина. «Никогда не слыхал об этой книге», — сказал молодой клерк. «Никогда не слыхали? — насупил брови барон. — Имейте в виду, отныне я никогда не сяду в своё кресло, не имея под рукой эту книгу».

«Продажа по Бенджамину» («Benjamin on Sales») — под таким названием книга дошла до наших дней. Она выдержала восемь изданий, из них три при жизни автора. Последнее, восьмое, было опубликовано в 2010 году.

Но Бенджамин почти ничего не написал о своей политической деятельности. Есть только два упоминания. В сентябре 1865 года лондонская The Times напечатала письмо Бенджамина, в котором он выражал протест по поводу заключения в тюрьму бывшего президента Конфедерации Джефферсона Дэвиса. В 1883 году Бенджамин написал в газету письмо с опровержением появившегося в США сообщения, что он положил в европейские банки миллионы долларов, вывезенные конфедератами. Эти два письма — всё, что написал Бенджамин в связи с Гражданской войной.

Политические и общественные деятели ранга Бенджамина вызывают обычно повышенный интерес историков. С ним этого не случилось. В XIX веке не вышло в свет ни одной биографии. За весь XX — только три: Пирса Батлера в 1907 году, Роберта Даутата Мейда — в 1943-м, Эли Эванса — в 1988-м. Ни одна из трёх не отвечает на интереснейший вопрос: пересекались ли в Англии пути Джуды Бенджамина и Бенджамина Дизраэли — двух сефардских евреев, ставших видными политиками в протестантских странах?

Высоты в юриспруденции, достигнутые Бенджамином в Англии, позволяют предположить, что он не мог не встречаться с Дизраэли в бытность последнего сначала депутатом Парламента, а затем премьер-министром. В книге Мейда приводится отрывок из письма Бенджамина, написанного по приезде в Англию: «...Меня заверили, что окажут неограниченную помощь и поддержку... Мистер Д'Израэли также написал моему другу о своём желании быть полезным мне, когда вернётся в город [Лондон]». Но оказался ли Дизраэли «полезным» только-только приехавшему из-за океана Бенджамину? Встречались ли они? И если встречались, то в связи с чем? В книге Мейда ответов нет. Нет и в вышедшей спустя почти полвека книге Эванса. Дождёмся ли мы такой биографии Бенджамина, какой он заслуживает?

Джуда Филип Бенджамин родился 6 августа 1811 года на острове Сент-Крой в Карибском море. Ему было два года, когда семья переехала в Фейетвилл (Северная

Каролина), где жил его дядя Джейкоб; ему было десять, когда семья перебралась в Чарльстон (Южная Каролина) — город с крупнейшей в Соединённых Штатах в начале XIX века еврейской общиной (больше 500 человек). Многодетная (восемь детей) семья Филипа и Ребекки Бенджаминов была небогатой. Ей принадлежала небольшая фруктовая лавка. Ребекка торговала в ней все дни недели, включая субботу, чем вызывала неприязнь единоверцев. В лавке работали и дети, в том числе и Джуда. В 1824 году Филип Бенджамин с группой евреев подписал обращение в синагогу с просьбой проводить службы на английском языке, а не на иврите, и сократить их продолжительность. Им в этом отказали, и тогда они сформировали «реформистское общество». Это было рождением американской реформистской синагоги, к которой сегодня принадлежит более трети американских евреев. Став взрослым, Джуда Бенджамин не соблюдал еврейских традиций и обычаев, женился на католичке.

Джуда учился сначала в еврейской школе, а когда ему исполнилось 14 лет, отправился учиться за тысячу вёрст — в Нью-Хейвен (Коннектикут) в Йельский колледж, ставший впоследствии университетом. В первые десятилетия XIX века в Йеле учились многие южане. Назову только одного: Джон Кэлхун из Южной Каролины, один из самых известных политиков первой половины XIX века. Он учился в Йеле с 1802 года, в 1804-м получил диплом с отличием. Бенджамин проучился два года (1825–27) и покинул колледж внезапно, недоучившись, при загадочных обстоятельствах.

В 1861 году нью-йоркская еженедельная газета The Indepemdent напечатала статью Фрэнсиса Бэкона, поступившего в Йель в том же году, что и Бенджамин. Статья рассказывала о случаях краж в колледже. «Мелкий воришка, — писал Бэкон, — недавний сенатор в Конгрессе…» Автор не называл имени, но не было сомнений, кого он имеет в виду.

По словам Бэкона, кражи случились в 1828 году. Но Бенджамин покинул колледж в 1827-м. Он объяснял это финансовым затруднением в семье. Бэкон был аболиционистом, а Бенджамин в 1861 году занимал пост министра в правительстве Конфедерации… Бенджамин хотел подать в суд иск за клевету, но ему отсоветовали. Аргументация была такой: судебное разбирательство привлечёт всеобщее внимание, а статью в еженедельнике мало кто прочитает. Так или иначе, но вопрос о причинах, заставивших Бенджамина уйти из Йельского колледжа, остаётся открытым. Вероятно, он покинул Йель в связи с тем, что отец бросил семью, а у матери не было возможности оплачивать учёбу сына. Вероятно…

Из Нью-Хейвена 16-летний Бенджамин едет не в Чарльстон, а в Новый Орлеан. Здесь он изучает право и французский язык, сдаёт адвокатский экзамен и приступает к юридической практике. В начале 40-х годов он уже пользуется славой классного специалиста. В 1842-м его выбирают депутатом от Нового Орлеана в палату представителей Луизианы. Будучи членом палаты, он принимает участие в написании конституции штата Луизиана. Это выдвигает Бенджамина в политические лидеры штата, и 1852 году легислатура выбирает его в Сенат США.

В 1833 году Бенджамин женился на 16-летней красавице-креолке Натали Сен-Мартен. Через десять лет у них родилась дочь Нинет. Спустя два года мать уехала с ней во Францию, заявив, что жизнь в Новом Орлеане скучна и неинтересна. После этого она лишь однажды — когда муж был депутатом Сената — приезжала в Америку, в Вашингтон. «Провинциальный» Вашингтон разочаровал её, и она вернулась в Париж. Будучи депутатом Сената, Бенджамин каждое лето навещал жену и дочь в Париже. Других женщин у него не было, ходили слухи, что он то ли импотент, то ли гомосексуалист. На эти домыслы он не реагировал.

Сенатор Бенджамин защищал торговые интересы Луизианы и занимался вопросами, связанными с международной торговлей, международными соглашениями, строительством железных дорог. Знание в совершенстве французского и испанского языков и энциклопедические знания международных законов сделали его незаменимым в Сенате.

В дебатах с коллегами-северянами Бенджамин защищал рабовладение и был одним из немногих, кто не уступал в дебатах аболиционистам. И были аболиционисты, которые не упускали в дебатах случая, чтобы напомнить Бенджамину о его еврействе. Однажды в очередном споре о рабстве сенатор из Огайо Бенджамин Уэйд коснулся древней истории евреев и назвал Джуду Бенджамина «израэлитом с египетскими принципами». Сенатор из Луизианы не полез за словом карман: «Это правда, что я еврей. И когда мои предки получали Десять заповедей из рук Всевышнего на горе Синай, предки моего оппонента пасли свиней в британских лесах».

Семья Бенджамина владела рабами, ещё когда жила на острове Сент-Крой. У Джуды их было несколько десятков. Пирсу Батлеру, автору первой биографии Бенджамина, довелось встретиться с двумя, дожившими до XX века. Они сохранили о своём хозяине добрые воспоминания, но в их рассказах не всегда можно отличить правду от вымысла.

Бенджамин был в числе политиков-южан, настаивавших на отделении от Союза. 14 декабря 1860 года он подписал «Обращение некоторых южан-депутатов Конгресса к своим избирателям»: авторы требовали отделиться. 31 декабря он произнёс в Сенате речь, отстаивая конституционное право каждого штата на выход из Союза. 26 января 1861 года легислатура Луизианы проголосовала за отделение штата, а 4 февраля Бенджамин выступил с прощальной речью в Сенате. В ближайшие несколько недель, говорил он, мы, сенаторы-южане, перестанем встречаться с коллегами. «Мы просим, мы умоляем вас: позволите нам уйти с миром. Я заклинаю вас не потакать иллюзиям, что моральный долг или совесть, выгода или честь убеждают вас в необходимости вторжения в наши штаты и пролития крови. У вас нет для этого оправданий».

Верил ли сам Бенджамин в то, что кровь не будет пролита? Сомнительно... Живших в Новом

Джуда Бенджамин

Орлеане сестёр он убеждал не уезжать из города в случае войны. Сам никогда в этот город уже не возвращался. Из Вашингтона Бенджамин направился в Монтгомери (Алабама) на сессию Конгресса Конфедерации. 25 февраля он занял пост министра юстиции Конфедеративных Штатов Америки. Осенью этого же года он стал военным министром, с марта 1863 года и до последних дней Конфедерации был государственным секретарём.

Историки называют Бенджамина «мозгом Конфедерации», ссылаясь при этом на президента Конфедерации Джефферсона Дэвиса. Варина Хоуэлл Дэвис, жена Дэвиса, говорила о нём как о «правой руке» мужа. Бенджамин и Дэвис сотрудничали в Сенате, но тёплыми, дружескими их отношения не были. Однажды даже запахло дуэлью. В дебатах о финансировании армии сенатор из Луизианы Бенджамин сказал, что его коллега из Миссисипи Дэвис просит «слишком много». Дэвис, в прошлом офицер армии, героический участник войны с Мексикой, не желал выслушивать нравоучения «гражданского человека» и назвал его «заказным адвокатом». Это было оскорбление, и джентльменский код южан требовал от Бенджамина немедленной реакции. Реакция последовала: Дэвису был передан письменный вызов на дуэль. Если бы дуэль состоялась, предсказать её исход было бы нетрудно. Один — бывший офицер, прекрасный наездник, стрелок, шпажист, второй — близорукий человек, никогда не державший в руках оружия. Но и Дэвис был джентльменом. На следующий день он публично извинился перед сенатором из Луизианы.

Это случилось в июле 1858 года. Спустя почти три года, в феврале 1861-го, президент Конфедерации Дэвис назначил Бенджамина министром юстиции. Они стали друзьями, работали рука об руку до последних дней Конфедерации. Дэвис не хотел покидать Америку, Бенджамин не намеривался оставаться в стране. Его жена и дочь жили во Франции, он прекрасно говорил по-французски. Дэвис и Бенджамин тепло попрощались, не догадываясь, что увидятся. Они встречались несколько раз в Англии, где Бенджамин стал практикующим адвокатом и куда Дэвис приезжал увидеться с бывшими конфедератами.

30 августа 1865 года Бенджамин приплыл в Саутгемптон, чтобы в 54 года начать новую жизнь. В первые месяцы он перебивался случайными заработками. В начале января 1866 года поступил учиться в одну из старейших английских юридических школ Lincoln's. Inn, названной именем графа Линкольна, который подарил Обществу правоведов Лондона здание для школы. Студент со странным заокеанским акцентом вызывал улыбку и насмешки соучеников, которые были в два раза младше его. В отличие от большинства он был трудоголиком. Рассчитанный на три года курс учёбы Бенджамин завершил за шесть месяцев. Он учился и в то же время зарабатывал на жизнь еженедельными обзорами международных событий для лондонской газеты The Telegraph. 6 июня 1866 года Бенджамин сдал экзамен на право заниматься юридической практикой. В прошении о приёме в ассоциацию адвокатов он написал, что находится в «политической ссылке» (political exile).

Бенджамин пребывал в безвестности до августа 1868 года, когда в свет вышел написанный им «Свод законов о продаже личного имущества». Он стал одним из ведущих британских юристов, возглавил Всеанглийскую ассоциацию адвокатов, ему был присвоен титул королевского адвоката. Он поставил точку в своей блистательной карьере 24 июля 1883 года, когда представил в Палате лордов дело о праве на рыбную ловлю герцога Девонширского в водах Ирландии.

Умер Бенджамин 6 мая 1884 года в своём парижском доме. Узнав о его кончине, Варина Дэвис написала: «Завершилась земная жизнь одного из величайших умов [XIX] столетия».

Жена и дочь похоронили Джуду Бенджамина на кладбище Пер-Лашез. Его имени нет на туристических картах, где помечены могилы Мольера, Россини, Шопена, Бальзака, Бизе, Оскара Уайлда, Сары Бернар и многих других знаменитостей.

В 1938 году парижское отделение организации «Объединённые дочери Конфедерации» установило на анонимном надгробии надпись: «Джуда Филип Бенджамин... Сенатор США от Луизианы, министр юстиции, военный министр и государственный секретарь Конфедеративных Штатов Америки, королевский адвокат. Лондон».

В Новом Орлеане о нём ничто не напоминает.

«Ханли» — историческая подлодка конфедератов

17 февраля 1864 года подводная лодка «Ханли» потопила корвет «Хаусатоник». Это была первая в истории успешная атака субмарины. Но подводники не вернулись в свою гавань. «Ханли» затонула, экипаж погиб.

В 70-е годы XIX века «отец рекламы» и создатель цирка П. Т. Барнум предложил 100 тысяч долларов тому, кто обнаружит подлодку и поднимет её. «Ханли» была обнаружена только в 1995 году экспедицией, которую финансировал писатель-фантаст Клайв Касслер. Летом 2000 года субмарину подняли на поверхность. В ней обнаружили останки восьми членов экипажа и множество принадлежавших им предметов. В течение трёх лет останки каждого из восьми были идентифицированы научной бригадой Дага Оусли — главы отдела антропологии Национального музея естественной истории Смитсоновского института.

17 апреля 2004 года останки восьми героев-подводников были преданы земле. На церемонию прощания с ними в город Чарльстон приехали тысячи. В том числе и потомки героев. Но среди приехавших не было ни

губернатора Южной Каролины, ни его коллег, которым отправили персональные приглашения. Далеко не все общенациональные СМИ упомянули о захоронении останков подводников. Удивляться этому не надо. Героями были конфедераты, а потопили они корабль северян. Разве может позволить себе политик в политически корректном обществе почтить память южан?!

Губернатор Южной Каролины республиканец Марк Сэнфорд объявил, что не может приехать, поскольку в его рабочем расписании на этот день намечено другое мероприятие. Губернаторы других бывших штатов Конфедерации либо сослались на ту же причину, либо вообще не ответили на приглашение комиссии, которая организовала похороны. Честнее поступил пастор местной епископальной негритянской церкви Джо Дарби. Он сравнил подводников «Ханли» с террористами, взорвавшими американский эсминец «Коул». «Они сражались за сохранение рабовладения», — процитировала The Washington Post преподобного Дарби.

Восемь подводников «Ханли» были добровольцами. Все восемь сознавали, что им предстоит участвовать в операции, из которой можно не вернуться. Как не вернулись их предшественники во главе с Хорасом Лоусоном Ханли — изобретателем подлодки. Как не вернулась и команда, предшествовавшая команде Ханли. Корвет «Хаусатоник» был в группе кораблей северян, установивших блокаду Чарльстонского залива; конфедератам следовало прорвать блокаду. Подводники провели несколько учебных погружений и всплытий. Они не рассматривали субмарину как плавучий гроб, но сознавали: шансов на счастливое возвращение в Чарльстон немного.

Уроженец штата Теннесси Ханли закончил Университет Тулейна в Новом Орлеане и жил в этом городе. У него была адвокатская практика. Он владел плантациями сахарного тростника. Вскоре после начала войны между Югом и Севером Ханли съездил на Кубу с планами наметить торговые пути между Конфедерацией и внешним миром. С группой бизнесменов он

Хорас Лоусон Ханли,
создатель подлодки

финансировал создание подводной лодки не с целью получить прибыль, а чтобы помочь Конфедерации в войне с Союзом. Подлодка была сооружена по его проекту, хотя он и не был инженером.

«Ханли» была построена в городе Мобил (штат Алабама), спущена на воду в июле 1863 года и доставлена по железной дороге в Чарльстон 12 августа. Подлодка представляла собой стальную сигару длиной 40 футов (12 метров) и шириной около 4 футов (1,2 метра). Винт приводился в действие вручную сидевшей внутри корпуса командой. Разместившись на скамейках, семеро подводников вращали коленчатый вал. Погружение производилось с помощью двух цистерн, встроенных по концам лодки. При открытии клапанов они заполнялись водой, а для всплытия продувались ручными помпами. К днищу был приделан железный балласт, который можно было отцепить и сбросить, если срочно требовалось всплыть на поверхность.

Два испытания «Ханли» закончились трагически. Во время первого — 29 августа — волна от проходившего мимо корабля захлестнула лодку с открытыми люками. Она затонула в Чарльстонской гавани. Пять человек погибли, трое спаслись.

Следующим испытанием командовал сам Ханли. Субмарина успешно совершала подводные манёвры и проходила под днищем корабля «Индиан Чиф». Затем подлодка прошла под днищем корабля «Чарльстон». Но следом за этим подлодка вновь погрузилась и больше на поверхности не показывалась. Удалось установить причину катастрофы, в которой погиб весь экипаж во главе с Ханли: не был закрыт забортный клапан. Это произошло 15 октября. Через неделю лодку с погибшими подняли. Ханли было 40 лет.

Лейтенант Джордж Диксон стал следующим капитаном подлодки. У него в подчинении было семеро добровольцев. Удалось идентифицировать всех. Четверо членов экипажа были уроженцами Америки, четверо — Европы. В пище четырёх американцев преобладала кукуруза, в пище четырёх европейцев — пшеница и рожь. Двое американцев родились в южных штатах, двое — в северных. Американцы: Джордж Диксон (Огайо), Фрэнк Коллинз (Виргиния), Джеймс Уикс (Северная Каролина) и Джозеф Риджуэй (Мэриленд); иммигранты: Арнольд Беккер (Германия), Йохан Фредрик Карлсен (Дания), Огастес Миллер (Германия) и С. Лампкин (вероятно, Британия).

«Идентифицировали каждого, — рассказывал журналистам Даг Оусли из Смитсоновского института. — Имена были известны, но выяснять, кто из них кто, пришлось по останкам… В одном случае даже пришлось эксгумировать тела двух сестёр Джозефа Риджуэя — помощника капитана подлодки Диксона…»

Были выяснены профессии каждого из восьми. И было установлено: ни один из американцев не был рабовладельцем. Не было рабовладельцев и среди иммигрантов.

Естественен вопрос, на который следует ответить каждому, кто утверждает, что Конфедерация защищала в войне с Союзом институт рабовладения: ради чего жертвовали жизнью восемь подводников — четверо, рождённых в Америке, и четверо иммигрантов из Европы?

Состав экипажа подводной лодки «Ханли» даёт основание прийти к однозначному выводу: ни один из восьми не отправился на операцию с мыслью, быть или не быть неграм рабами. Легко предположить, что проблема рабовладения их вообще не волновала. Они защищали землю от вторгнувшегося врага. Вы можете называть их сегодня «расистами», «террористами», «белыми супремасистами»,

Подлодка «Ханли»

но эти и подобные прозвища искажают историю, не имеют ничего общего с действительностью Гражданской войны.

Обратимся к командиру экипажа. Джордж Диксон был ветераном войны. В апреле 1862 года он участвовал в сражении у Шайло. Если бы не золотой доллар, подаренный любимой девушкой, он мог бы остаться инвалидом: пуля попала в монету, которая лежала в кармане брюк. Пуля раздробила бы бедро, потребовалась бы ампутация. Монета спасла ногу. Погнутый доллар был найден в поднятой со дна подлодке.

Диксон был готов атаковать любой вражеский корабль. Не повезло «Хаусатонику». Оружием служила мина, подвешенная на шест, закреплённый на носу подлодки. Чтобы устройство сработало, следовало протаранить вражеское судно ниже ватерлинии.

Поздно вечером 16 февраля 1864 года «Ханли» вышла из гавани Чарльстона и, пройдя мимо форта Самтер (с обстрела которого конфедератами 18 апреля 1961 года и началась война), направилась к «Хаусатонику» — 12-пушечному винтовому шлюпу водоизмещением 1240 тонн. Шлюп находился в пяти милях (восьми километрах) от берега и блокировал путь к Чарльстону. Вахтенный офицер заметил в ста ярдах от правого борта странный предмет и немедленно пробил тревогу, но было поздно. «Ханли» нанесла удар в борт, и мина, названная подводниками «торпедой», вонзилась в корпус. Диксон дал задний ход, дёрнул за спусковой шнур и произвёл взрыв.

Корабль северян тут же пошёл на дно; погибли пять членов экипажа. Большинству членов команды удалось спастись. А подлодка с задания не вернулась. Долгое время считали, что «Ханли» погибла при взрыве «Хаусатоника». Оказалось, что это не так. Она затонула из-за механических повреждений, полученных от взрыва, и не смогла всплыть. Гибель застала экипаж на своих местах.

Поднятая со дна

Причиной смерти стала контузия лёгких. Экипаж подвергся воздействию ударной волны, возникшей при взрыве мины.

17 апреля 2004 года — спустя 140 лет после гибели «Ханли» — героев хоронили. Траурная процессия началась на набережной, с которой в апреле 1861 года тысячи чарльстонцев наблюдали, как артиллерия конфедератов ведёт огонь по форту Самтер. Свидетелями церемонии стали десятки тысяч жителей Южной Каролины и других штатов бывшей Конфедерации, туристы из Австралии, Британии, Германии, Франции. Каждый гроб с останками подводников был обернут в Незапятнанное Знамя (Stainless Banner) — второй национальный флаг Конфедерации. Перед гробами прошли демонстранты — 6 тысяч в форме армии конфедератов и 4 тысячи в одежде жителей Юга середины XIX века. За ними шли строем солдаты всех пяти родов войск современной американской армии. Восемь героев были похоронены на кладбище Магнолии, — том самом, где похоронены Ханли и погибшие вместе с ним подводники.

«Это, конечно, были последние похороны жертв Войны между штатами», — заявил депутат верхней палаты законодательного собрания Южной Каролины чарльстонец Гленн Макконелл. Он назвал войну так, как её называли изначально, когда никому в голову не приходило называть её Гражданской. Так назвали войну северяне, назвали вопреки истории. Гражданскими были — и есть — только войны за власть в той или иной стране. Тринадцать штатов Конфедерации не боролись за власть в Соединённых Штатах, они воевали за независимость.

«Если бы в это солнечное с ветерком субботнее утро Роберт Ли мог быть здесь, он, конечно, был бы горд», — писала чарльстонская газета The Post and Courier.

«Я горжусь, что являюсь родственницей одного из храбрецов», — сказала газете USA Today 59-летняя Мэри Элизабет Макмэн, праправнучка Джеймса Уикса, одного из восьми членов экипажа «Ханли». Она приехала в Чарльстон вместе с 25 родственниками.

«Я была маленькой, когда умер отец, и почти ничего не знала о своих предках, — рассказывала Эмма Басби Дитман, дальняя родственница Джозефа Риджуэя. — Я чувствую себя так, будто нашла семью...»

Восемь героев обрели вечный покой. Потомки имеют возможность видеть своими глазами подводную лодку, в которой они встретили смерть. «Ханли» экспонируется в Центре сохранения Уоррена Лаша (Warren Lasch Conservation Center) в городе Норт-Чарльсон. Музей открыт по уикендам. Здесь собрано всё, что так или иначе связано с первой в истории успешной атакой субмарины. Точнее, почти всё. Ничто не напоминает, что это была подлодка конфедератов. Никаких символов Конфедерации.

Ни Боевого флага, ни Незапятнанного Знамени. В магазинчике сувениров на вас посмотрят с удивлением, если вы заикнётесь о чём-либо подобном. Но главное в Центре сохранения, конечно же, сама субмарина.

«Когда вы видите, насколько она мала, то сознаёте, что парни из её команды были смелыми людьми», — сказал Даг Оусли.

Флорида
Генри Флаглера

Испанский конквистадор Хуан Понсе де Леон открыл полуостров Флорида в 1513 году во время поисков «источника молодости» и дал ему название, не зная, что через восемь лет он обретёт здесь не молодость, а смерть. В 1521 году с отрядом в две сотни человек Понсе де Леон предпринял попытку завоевать открытую им землю. В стычке с индейцами он был смертельно ранен отравленной стрелой и, умирая на Кубе, честил Флориду последними словами.

Генерал Уильям Текумсе Шерман, печально прославившийся тем, что в Гражданской войне с конфедератами применил «тактику выжженной земли», побывал во Флориде, углубился в заболоченные джунгли и затем заявил, что «этот штат не стоит выеденного яйца».

Натуралист и художник-анималист Джон Джеймс Одюбон неоднократно бывал во Флориде, собирая материал для своего фундаментального труда «Птицы Америки». Он так отозвался об этом штате: «Всюду грязь, грязь, грязь и песок, песок, песок».

Генри Моррисон Флаглер не согласился с выше названными господами в оценке «Солнечного штата». Впервые он побывал во Флориде в 1883 году в возрасте 53 лет, влюбился в этот штат с первого взгляда и, сохранив любовь на следующие тридцать лет — до конца жизни, сделал всё от него зависящее, чтобы полюбившаяся земля стала лучше. По самым скромным подсчётам, Флаглер инвестировал во Флориду 50 миллионов долларов — сумму и по сегодняшним деньгам немалую, а в конце XIX — начале XX века просто-таки фантастическую. Флаглер был очень богатым человеком, одним из самых богатых в мире. Он сколотил колоссальное состояние в первую половину своей жизни — до того, как занялся развитием Флориды, причём его первая жизнь, дофлоридская, не менее интересна, чем вторая.

* * *

Джона Рокфеллера как-то спросили, как ему пришла в голову идея создать компанию «Стандард Ойл». «Нет, сэр, это не моя идея, — отвечал он. — Хотел бы я иметь мозги, породившие её. Идея принадлежала Генри М. Флаглеру!»

Вероятно, Рокфеллер удивил журналиста таким ответом, но сказал он чистую правду. Флаглер был человеком, которому принадлежали многие решения, приведшие к созданию нефтяного гиганта, владевшего монополией на переработку нефти и её транспортировку. Конечно, без Рокфеллера не было бы «Стандард Ойл», но то же самое относится и к Флаглеру. Со времени создания в Кливленде в 1867 году фирмы «Рокфеллер, Эндрюс энд Флаглер», переросшей спустя полтора десятка лет в «Стандард Ойл», и до того, как к концу 80-х годов Флаглер постепенно отстранился от нефтяных дел, Рокфеллер был первым лицом в компании, Флаглер — вторым. Они не принимали никаких решений без согласования друг с другом. Их рабочие столы стояли в одной комнате. Живя в Кливленде по соседству, они обсуждали дела, шагая на работу и с работы. Они были единомышленниками в бизнесе, были прихожанами одной и той же церкви, оба занимались благотворительной деятельностью. Оба никогда не курили и не пили спиртное, хотя в молодые годы Флаглер, бывший на девять лет старше Рокфеллера, какое-то время торговал алкоголем.

Почему же абсолютное большинство людей связывают «Стандард Ойл» только с Рокфеллером и мало что знают о Флаглере, а часто вообще ничего о нём не знают? Секрета в этом нет. Их бизнес был личным, все вопросы решались в узком кругу, к которому, кроме Рокфеллера и Флаглера, принадлежало ещё несколько человек. Они не рекламировали свою работу, не давали интервью, не хотели, чтобы о них писали. Но чем больше богатела компания, чем больше расширялась, поглощая конкурентов, тем большее любопытство она вызывала. Тайны, окружавшие «Стандард Ойл», порождали у журналистов отрицательные чувства.

Первая статья о «Стандард Ойл» появилась в 1881 году. «Рассказ о громадной монополии» — так назывался опус Генри Демареста Ллойда, опубликованный в ежемесячном журнале The Atlantic. Автор не имел возможности ознакомиться с какими-либо документами компании, о которой писал, но пришёл к выводу о «бездушной, алчной» корпорации и её владельцах. Писал же он главным образом о Рокфеллере. Спустя 13 лет Ллойд опубликовал книгу «Богатство против общественного благосостояния» («Wealth Against Commonwealth»), которую, следуя логике автора, можно было назвать «Рокфеллер против американского народа». Ллойд сконцентрировал своё внимание исключительно на Рокфеллере, олицетворявшем, по его мнению, зло.

И пошло-поехало: Рокфеллер и «Стандард Ойл» — близнецы-братья, у которых нет других близких родственников. И роль Флаглера в крупнейшей компании постепенно отодвигалась с первого плана всё дальше и дальше. Первой публикацией конкретно о нём стала книга Уолтера Мартина «Флорида Флаглера» в 1949 году. В 1986-м Дэвид Леон Чандлер написал книгу об «удивительнейшей жизни и временах барона-разбойника, основавшего Флориду».

Спустя два года издательство Университета Флориды опубликовало книгу Эдварда Эйкина «Флаглер: партнёр Рокфеллера и флоридский барон».

Невозможно, однако, сравнивать количество — и качество! — литературы о Джоне Рокфеллере и Генри Флаглере. В 1998 году, к примеру, вышла очередная книга о Рокфеллере — «Титан», написанная

Генри Флаглер

Роном Черноу и находящаяся в течение нескольких месяцев в списках бестселлеров. Флаглер всё ещё ждёт исследователя такого же уровня, как Черноу. Неудивительно поэтому, что Рокфеллера знает вся страна да и остальной мир, а о Флаглере мало кто слыхал за пределами Флориды. Но не будь у Флаглера первой жизни, не было бы и второй. Начать освоение Флориды он смог не только потому, что был баснословно богат, но ещё и потому, что просто-напросто не умел сидеть без дела.

Флаглер начал работать в 14-летнем возрасте в 1844 году после окончания восьмого класса, и, наверное, первой частью его жизни можно считать последующие 23 года до партнёрства с Рокфеллером. В эти два с лишним десятилетия он успел сколотить неплохое состояние на торговле солью, но успел и обанкротиться. В эти же годы судьба свела его первый раз с Рокфеллером: оба торговали зерном. Рокфеллер сотрудничал в кливлендской фирме «Хьюитт энд Таттл», покупавшей зерно у фирмы «Харкнесс», в которой работал Флаглер. А в 1867 году они, как мы уже знаем, стали совладельцами компании.

Слабое здоровье жены привело Флаглера во Флориду. Врачи рекомендовали ей тёплый климат, и зимой 1876–77 года супруги поехали в Джэксонвилл. Возможно, они поехали бы и южнее, но железная дорога доходила только до реки Сент-Джонс. Когда зимой 1878 года Флаглеры решили поехать южнее в Сент-Огастин, то добирались от Джэксонвилла пароходом. Занимающийся в «Стандард Ойл» всеми вопросами, связанными с транспортировкой нефти (железнодорожными и водными) Флаглер был поражён флоридским «бездорожьем». Поразила его и заурядность отеля «Святого Джеймса» в Джэксонвилле. Во время этих поездок он, во-первых, влюбился во Флориду и, во-вторых, осознал, что целинные земли нуждаются в обработке.

Осенью 1883 года Флаглер поставил точку на активной роли в «Стандард Ойл», хотя ещё долгое время оставался в совете директоров, и сосредоточил свою деятельность на Флориде. В 53-летнем возрасте он был полон сил, о сытой отставке даже не думал, энергия била у него через край. Начиналась вторая жизнь.

* * *

Путешествуя по восточному — Атлантическому — побережью Флориды, от Сент-Огастин до Майами, а затем на юг до Ки-Уэст, на каждом шагу можно наткнуться на деяния Генри Флаглера. Им построена железная дорога, полтора десятка роскошных отелей, им основан город Уэст-Палм-Бич, а в Палм-Бич построен дворец (ныне в нём расположен музей), названный «Тадж-Махалом Северной Америки». Именем Флаглера названо графство в штате, крупнейшая улица в Майами, которая делит гигантский город на север и юг, в бухте Майами на островке ему поставлен памятник, в Ки-Уэст есть железнодорожный музей, названный «Вокзал Флаглера», в Сент-Огастине расположен Колледж Флаглера.

Из всего сделанного Флаглером во Флориде больше всего впечатляет то, чего уже давно нет: железная дорога от Майами до Ки-Уэст. «Восьмое чудо света!» — объявила газета The Miami Herald 10 января 1912 года, когда строительство было завершено.

Восьмое чудо света — железная дорога Майами — Ки Уэст

На свете есть немало «восьмых чудес». Едва ли не каждое заметное сооружение XX века называли так. Но 113-мильная железная дорога по островам архипелага Флорида-Кис — от Ки-Ларго до Ки-Уэст — дорога с 42 мостами — больше других соответствует понятию чуда.

О нём мечтали десятилетиями. Газеты Ки-Уэст (а это был самый населённый город Флориды) ещё в 30-е годы XIX века писали о необходимости такой дороги. В 1886 году губернатор штата Джон Гордон (бывший генерал конфедератов) приступил к строительству железной дороги, довёл её до Майами и... поставил точку. Флаглер приступил к осуществлению проекта в 1905 году.

Условия строительства были адскими. Читая сегодня свидетельства очевидцев, я невольно вспоминал ГУЛАГ и строительство «мёртвой дороги» от Салехарда до Игарки. Конечно, Флорида — не Заполярье, и во флоридских бараках жили не заключённые, а вольнонаёмные. Но ад был и там, и флоридские надзиратели вряд ли были человечнее конвоиров советских концлагерей. Да, конечно, на островах Флорида-Кис трудились добровольцы. Но этих добровольцев (в большинстве своём иммигрантов, нанятых в Филадельфии и Нью-Йорке) часто обманывали при выплате зарплаты, а пожелавших вернуться не отпускали, ссылаясь на подписанный контракт. Бежать со стройки было почти невозможно: кругом вода, а на суше — болота, москиты. Бежали единицы.

Флаглер знал, конечно, о невыносимых условиях работы, но понятия не имел, что строителей обманывают, обсчитывают, унижают и относятся к ним, как к рабам. Конечно, не на всех участках строительства работа напоминала преисподнюю. И не все нарядчики были негодяями. Но в памяти, как часто бывает, сохранились рассказы об ужасах, а не о счастливых днях.

Строительство следовало завершить до мая 1912 года — так предписывал закон Флориды, по которому Флаглер получил право на строительство. Первый поезд прошёл до Ки-Уэста раньше — 22 января. На официальное открытие железной дороги в самый южный город штата и всей страны приехала делегация сенаторов, конгрессменов, чиновников администрации Флориды. Звучали поздравительные речи, оркестры исполняли патриотические мелодии...

Генри Флаглер умер год спустя в Палм-Бич. «Восьмое чудо света» пережило его на 22 года. Ураган, пронёсшийся в День труда в 1935 году, разрушил несколько мостов, повредил десятки миль колеи. Правительства — как штата Флорида, так и федеральное — решили не восстанавливать железную дорогу, а проложить шоссе. Оно было открыто в 1939 году. На больших участках автострада проходит там, где лежало железнодорожное полотно, но, конечно, строить пришлось многое, в частности мосты. Когда сегодня вы едете по федеральной дороге

№ 1 на 113-мильном отрезке от Ки-Ларго до Ки-Уэста, то встречаете на пути остатки «железки», а параллельно семимильному автомобильному мосту между островами Марафон и Огайо-Ки стоит семимильный железнодорожный, точнее то, что от него осталось. Трудно представить, как его строили век назад.

* * *

Генри Флаглер строил не только отели и железные дороги. На его деньги построены церкви, больницы, школы, библиотеки. Миллионы долларов он пожертвовал на благотворительные цели.

Как-то к Флаглеру в Палм-Бич пришёл священник и попросил беспроцентный заём на школу. Флаглер отказал ему в займе, но выписал чек на строительство школы на ту же сумму. Будучи бизнесменом, он не понимал, что значит беспроцентный заём.

Флаглеру принадлежат слова, которыми следует руководствоваться каждому, кто собирается затевать какое-то дело с партнёрами: «Хороша дружба, основанная на бизнесе, но плох бизнес, основанный на дружбе».

Сколько людей остались бы друзьями, если бы руководствовались этим правилом!

Герберт Гувер: президент-неудачник, спасший Россию от голода

В 1948 году профессор истории Гарвардского университета Артур Шлезингер-старший попросил коллег-историков расставить американских президентов по ранжиру — от «великих» (great) до «неудачников» (failure). Так был составлен первый в истории рейтинг президентов. Спустя четырнадцать лет, в 1962-м, примеру отца последовал сын, Артур Шлезингер-младший, и родился второй в истории рейтинг президентов. За ним последовали третий и четвёртый... Опросы проводили различные организации. Во всех без исключения опросах в число великих попадали три президента — Джордж Вашингтон, Авраам Линкольн и Франклин Делано Рузвельт. И в большинстве опросов среди неудачников оказывался 31-й президент Герберт Гувер.

Должны ли мы воспринимать президентские рейтинги как нечто не поддающееся сомнению, как истину в последней инстанции? Ни в коем случае!

Отводя тому или иному президенту место в рейтинге, историки руководствуются прежде всего, разумеется, фактами, событиями, имевшими место. Но некоторые факты они могут сознательно забыть или не обращать на них внимания, не придавать им значения. Это во-первых. Есть и во-вторых: один и тот же факт историки интерпретируют по-разному, исходя из своей идеологии, а большинство историков — люди левых воззрений. Преклоняясь перед Линкольном, они сознательно «забывают», что Честный Эйб, как называют Линкольна, не сомневался, что чёрным не место среди белых. Преклоняясь перед Рузвельтом, они приписывают ему победу над Великой депрессией, скрывают его постыдную роль в деле спасения европейских евреев и не хотят напоминать о сговоре со Сталиным — предательстве Польши и других стран Восточной Европы. Но в отношении Гувера историки различных идеологических взглядов единодушны: он не только не спас страну от экономического кризиса, но способствовал его углублению, что переросло в Великую депрессию, и значит он — один из худших в истории президентов. У американцев сегодняшнего дня Гувер ассоциируется исключительно с Великой депрессией. Ничего другого о нём абсолютное большинство не знает. А ведь до того, как быть избранным в 1928 году президентом, Гувер прожил 54 года, и сделанное им не может не вызывать восхищения. А русские люди должны кланяться ему в ноги. Гувер спас от голода миллионы россиян.

* * *

Любимой книгой Герберта Гувера был роман «Дэвид Копперфилд», и легко понять почему. Гувер, как и герой романа Чарльза Диккенса, был сиротой. Но в отличие от Дэвида, который остался только без отца, Гувер был круглым сиротой. Берти — так называли его родные и друзья — остался без отца в шесть лет и в девять лет — без матери. Его опекали по очереди разные родственники, пока он не попал в семью дяди-врача, переехавшего вместе с племянником из штата Юта в штат Орегон. В 1891 году 17-летний Гувер был в числе нескольких десятков первых студентов открывшегося в калифорнийском городке Пало-Альто Стэнфордского университета, основанного на деньги миллионеров Джейн и Леланда Стэнфордов. Спустя четыре года Гувер был в числе первых выпускников университета, закончил его с дипломом геолога.

После недолгой работы в штате Арканзас Гувер поехал в Австралию и занялся поисками золота. В 1899 году он женился на Лу, и новобрачные отправились в Китай, где мужа ждала новая работа. Имя Лу несколько необычно для женщины. Её отец мечтал о сыне, а когда родилась дочь, назвал её мужским именем и воспитывал как сына. С детских лет Лу ездила верхом, охотилась, рыбачила. Когда дело дошло до выбора профессии, Лу выбрала мужскую — поступила в Стэнфордский университет на отделение геологии. Гувер обратил внимание на студентку, решившую приобрести мужскую профессию. Лу стала первой в истории Америки женщиной-геологом.

В различных компаниях будущий президент занимал посты главного инженера или менеджера. В 1901-м стал совладельцем компании Bewick, Moreing & Co, отделения которой были в Сан-Франциско, Лондоне, Нью-Йорке, Санкт-Петербурге и Париже. В 1905-м основал корпорацию Zink. Через три года купил на Урале с несколькими партнёрами Кыштымский медеплавильный завод, основанный ещё в 1757 году Никитой Демидовым. Было учреждено «Общество Кыштымских заводов». В кыштымском музее по сей день хранится книга «отчётов», в которой записано, что Гуверу принадлежали акции компании. В 1914 году, когда началась Мировая война, Гувер и Лу, которая была помощницей и партнёром мужа, были мультимиллионерами.

Во время плавания из Сан-Франциско в Тяньцзинь молодожёны начали переводить с латыни «Le Re Metallica» — энциклопедию по горнорудному делу и металлургии. Она была написана в середине XVI века финским деятелем Реформации епископом Микаэлем Агриколой. Спустя годы — в 1912-м — переведённая Гуверами книга была опубликована в Америке. Супруги преуспели и в китайском языке. Когда они жили в Белом доме, то, бывало, переговаривались по-китайски, чтобы окружающие не понимали, о чём идёт речь.

Вскоре после приезда в Китай Гуверы оказались в центре военных событий. Китайцы восстали против иностранцев. Их вооружённый бунт вошёл в историю как «Боксёрское восстание». В Тяньцзине восставшие атаковали Посольский квартал, в котором жили иностранцы. Пришлось иностранцам взяться за оружие. Лу Гувер помогло умение стрелять. Иностранцев спас от резни англо-американский отряд моряков.

Начавшаяся в 1914 году Мировая война застала Гуверов в Бельгии, и жизнь вынудила их поставить точку на предпринимательской деятельности. В тот год Гуверу исполнилось 40 лет. В день рождения он сказал: «Если мужчина не заработал миллион долларов к сорока годам, он немногого стоит». Сам Берти заработал к этому возрасту много миллионов. «Я только позднее осознал, — впоследствии говорил он, — что моя карьера бизнесмена закончилась с началом войны, и я вступил на скользкую дорогу общественной жизни».

Общественная жизнь Гувера — жизнь правительственного чиновника — ведёт отсчёт со спасения амери-

Плакат ARA

канцев, застрявших в Европе, когда началась война. Он помог вернуться домой 120 тысячам соотечественников. И он организовал и возглавил комиссию помощи Бельгии, оккупированной немцами, сумев убедить немцев разрешить поставки продовольствия в Бельгию и англичан — пропускать продовольствие через установленную ими блокаду Германии. После вступления Соединённых Штатов в войну в апреле 1917 года президент Вудро Вильсон назначил Гувера главой Продовольственного управления США (U. S. Food Administration). С 1918 года по 1923-й Гувер возглавлял Американскую администрацию помощи (American Relief Administration — ARA), которая спасала от голода Европу и от смерти — миллионы россиян.

* * *

«Большевизм — это хуже, чем война», — заявил Гувер в 1919 году на Парижской мирной конференции, где страны-победительницы в Мировой войне обсуждали мирные соглашения с побеждёнными странами. Сказав это, Гувер ясно дал всем понять о своём отношении к большевистской России. Однако, как руководитель ARA, он считал необходимым оказать помощь умиравшим от голода жителям этой страны. Гувер поставил два условия: первое — его организации должно быть дозволено действовать самостоятельно, второе — должны быть выпущены на свободу американские граждане, находящиеся в советских тюрьмах. Требование Гувера взбесило Ленина. «Надо наказать Гувера, публично дать ему пощёчины, чтобы весь мир видел!» — заявил большевистской вождь. Но у российского фюрера не было выбора, страна нуждалась в немедленной помощи. В июле 1921 года он позволил Максиму Горькому обратиться к миру с воззванием от имени правительства.

«Для страны Льва Толстого и Достоевского, Менделеева и Павлова, Глинки и других всемирно ценных людей наступили грозные дни, и я смею верить, что честные люди Европы и Америки, поняв трагизм положения русского народа, немедленно помогут ему хлебом и медикаментами», — просил Горький.

Патриарх Тихон отправил — также с разрешения правительства — послание Епископу Нью-Йоркскому: «Чрез Вас зову народ Соединённых Штатов Северной Америки. В России голод... На почве голода — эпидемии. Необходима самая широкая помощь... Промедление грозит бедствиями, неслыханными доселе. Высылайте немедленно хлеб и медикаменты…»

В августе 1921 года ARA подписала с Россией договор о помощи. Вот лишь некоторые цифры, свидетельствующие о масштабах помощи летом 1922 года: ежедневная еда для 4 миллионов 173 тысяч 339 детей и для 6 миллионов 317 тысяч 958 взрослых; максимальное число ежедневных обедов — 10 миллионов 491 тысяча 297, ежедневное число открытых столовых — 21 435… Медицинскую помощь получали в 1922 году 14 тысяч 400 больниц, и сумма этой помощи составила гигантскую для того времени цифру — 7 миллионов 685 тысяч долларов.

Летом 1923 года Гувер посчитал нужным прекратить деятельность ARA в большевистской стране. К этому его подтолкнуло решение советского правительства о возобновлении экспорта зерна. В январе 1923 года в Одессе можно было видеть такую картину: американский корабль выгружал продовольствие для голодающих, а рядом грузилось зерном советское судно для отправки в Гамбург. Общая сумма помощи ARA Советскому Союзу (так с декабря 1922 года стала называться эта страна) составила 61,6 миллиона долларов. Это были деньги как американского правительства (налогоплательщиков), так и сотен американских благотворительных организаций. Горький отправил Гуверу послание — на этот раз от своего имени: «Ваша помощь войдет в историю как уникальное гигантское достижение, достойное величайшей славы, которое долго будет оставаться в памяти миллионов россиян…, которых вы спасли от смерти».

Корней Чуковский откликнулся так: «Знаешь ли ты, мой дорогой Рокфеллер, что три посылки АРА значили для меня? Понимаешь ли ты, как благодарен я Колумбу за то, что в один прекрасный день он открыл Америку? Спасибо тебе, старый мореход. Спасибо тебе, старый бродяга. Эти три посылки значат для меня больше, чем просто спасение от смерти. Они дали мне возможность вернуться к литературной работе, и теперь я снова чувствую себя писателем».

* * *

Герберт Гувер не был ни демократом, ни республиканцем. Ступив на «скользкую дорогу общественной жизни», он возглавил Продовольственное управление США по просьбе президента-демократа Вудро Вильсона, а после победы республиканца Уоррена Хардинга на выборах в 1920 году принял предложение вновь избранного президента возглавить министерство торговли. Он руководил этим министерством и в администрации Калвина Кулиджа, который, будучи вице-президентом, стал президентом после внезапной смерти Хардинга в 1923 году. В 1928-м Кулидж объявил, что не будет добиваться переизбрания на очередной срок, и Гувер выставил свою кандидатуру на пост президента.

В год выборов Гувер был не менее популярен, чем Кулидж. О министре торговли страна узнала годом ранее во время катастрофического стихийного бедствия — наводнения на Миссисипи. Great Mississippi Flood 1927 (Великое наводнение на Миссисипи 1927 года), как назвали его, было самым разрушительным до урагана «Катрина» в 2005-м. Под водой оказались города в десяти штатах, полтора миллиона жителей остались без крова. Президент Кулидж создал комиссию для оказания помощи пострадавшим и, по просьбе губернаторов шести штатов, назначил её руководителем Гувера, хотя у министра торговли были совершенно другие обязанности. Но Америка ещё не забыла о роли Гувера как руководителя ARA. Гувер оправдал доверие. Он призвал к пожертвованиям для помощи пострадавшим, было собрано 17 миллионов дол-

Президент США Герберт Гувер

ларов (250 миллионов по сегодняшним меркам). На эти деньги было построено более ста палаточных городков, создан флот из более чем шестиста судов, которые доставляли попавшим в беду продовольствие, медикаменты, одежду... На выборах в 1928 году Гувер играючи расправился с демократом Альфредом Смитом — победил в 40 штатах, в том числе в пяти южных, которые всегда голосовали за демократов.

4 марта 1929 года, в день инаугурации Гувера, страна была на пике подъёма. А спустя семь с половиной месяцев, 24 октября, случился обвал на Нью-Йоркской фондовой бирже: курс акций покатился вниз. Через пять дней — 29 октября — случился новый обвал. С этих дней принято отсчитывать начало Великой Депрессии.

Несёт ли Гувер вину за шок на бирже в конце октября 1929 года? Конечно нет... Это произошло бы при любом другом президенте. Есть историки, которые полагают, что Кулидж решил не переизбираться на очередной срок, поскольку предвидел крах на бирже. Оставим это предположение на совести историков и попробуем ответить на вопрос: была ли у Гувера возможность предотвратить то, что последовало за обвалом биржи, в частности массовую безработицу и потерю миллионами американцев всего, что они имели? Вероятно, такая возможность была, если бы Гувер позволил частному бизнесу самому выбираться из кризиса. Так наверняка поступили бы два его предшественника. Президент Хардинг и вице-президент Кулидж приняли в 1921 году страну в состоянии жесточайшего кризиса, вызванного войной и экономической политикой Вильсона. В борьбе с кризисом Хардинг, а за ним Кулидж, сделали ставку на частный сектор. Однако Гувер считал, что только у правительства есть рычаги, способные оздоровить экономику.

Деятельность Гувера, начиная с 1914 года, когда он ступил «на скользкую дорогу общественной жизни», убедила его в том, что государство способно решать трудные проблемы — будь то борьба с голодом или помощь жертвам стихийных бедствий. И когда разразился экономический кризис, президент Гувер посчитал, что правительственные рычаги — это лучший инструмент в борьбе с ним. Вмешательство правительства в экономику стало нормой. Такое вмешательство только ухудшало положение. Особенно тяжёлые последствия имел закон о тарифе, вошедший в историю по имени его спонсоров — сенатора Рида Смута и конгрессмена

Уиллиса Хоули. Закон повышал пошлины на более чем 20 тысяч импортируемых товаров. 1028 американских экономистов просили президента Гувера наложить вето на законопроект. Генри Форд встретился с президентом в Белом доме и убеждал его отвергнуть закон. Гувер не прислушался к советам. Ответ последовал незамедлительно. В следующие три года импорт США упал на 66 %. Американский экспорт в Европу снизился в три раза. Ко времени выборов в 1932 году уровень безработицы достиг почти 25 %, и кандидат Демократической партии Франклин Делано Рузвельт разбил Гувера в пух и прах — победил в 42 штатах из 48.

* * *

Справедлива ли оценка, которую выставляют историки Герберту Гуверу? Если иметь в виду Гувера-президента, следует признать: справедлива. Но несправедливо оценивать деятельность любого политика только годами, в течение которых он был президентом.

«Многие государственные деятели занимают видное место в истории благодаря тому, что послали на смерть миллионы людей; Герберт Гувер… имеет редкую возможность занять достойное место в людской памяти как спаситель миллионов», — писал американский историк Ричард Пайпс в фундаментальном исследовании «Русская революция: Россия под большевиками — 1918–1924».

Интересующиеся Россией историки всего мира многим обязаны Герберту Гуверу. В 1919 году он создал при Стэнфордском университете Институт, который ныне представляет крупнейшее вне России хранилище документов о большевистском перевороте и Гражданской войне в России. В Гуверовском институте хранятся личные бумаги и документы Александра Керенского, генералов Врангеля и Юденича, русского посла в Париже Маклакова и многих других деятелей переходной эпохи России — от царизма к большевизму... Гуверовский институт является также одним из главных мозговых центров Республиканской партии.

Апологет Сталина — лауреат Пулитцера[1]

На одном из этажей редакционного здания The New York Times в Манхэттене есть место, увешанное фотографиями лауреатов Пулитцеровской премии — самой престижной у журналистов. Фотографии лауреатов повешены в хронологическом порядке, и среди первых красуется Уолтер Дюранти, ставший лауреатом в 1932 году. До него лишь два корреспондента The New York Times удостоились «Пулитцера», но Дюранти был первым журналистом-международником, заслужившим награду. Получил он её за репортажи из Советского Союза. После него из этой страны писали Пулитцеровские лауреаты Гаррисон Солсбери (1955), Хедрик Смит (1974), Билл Келлер (1989), Сергей Шмеман (1991)... Все они внесли посильную лепту в познание американцами сущности советской власти, но только один из них намеренно искажал увиденное и лгал читателям. Уолтер Дюранти.

Корреспонденции из-за границы были и остаются козырной картой The New York Times, которой она каж-

---

[1] Я назвал главу так, как назвала книгу о Уолтере Дюранти английская журналистка Си-Джей Тейлор.

додневно бьёт другие американские газеты. Издатели Times всегда придавали большое значение освещению зарубежных событий. Майер Бергер, написавший семьдесят лет назад книгу «История "Нью-Йорк таймс" с 1851 по 1951 год», приводит интересный — на эту тему — факт. Когда США в 1917 году вступили в Мировую войну, издатель газеты Адольф Окс настоял на увеличении информации из Европы. Ему сказали, что телеграфные услуги обходятся еженедельно в 15 тысяч долларов. «Кое у кого такие цены вызывали беспокойство, но только не у Окса, — пишет Бергер и продолжает: — Когда речь заходила о стоимости новостийной информации, то пределом было небо». Иными словами, предела не существовало. И как раз во время Первой мировой войны в парижском отделении газеты стал работать англичанин Уолтер Дюранти. Но вот в 2001 году, в юбилейном выпуске The New York Times — к её 150-летию, — нет и намёка на заслуги газеты в освещении международных событий. Есть, правда, отдельная статья о том, как газета «проглядела» уничтожение европейских евреев нацистами. Но о журналистах-международниках, получивших несметное число Пулитцеровских премий (и других наград — если считать премии за написанные ими книги), ни слова, ни полслова. А жаль. Потому что страна должна знать своих героев, как, конечно, и антигероев, каким, безусловно, был Дюранти.

* * *

«Хотя вы и не марксист, но ваши репортажи из СССР — хорошая работа. Потому что вы стараетесь говорить о нашей стране правду, понять её и объяснить своим читателям. Я могу сказать, что вы сделали ставку на нашу лошадь, когда все считали, что у неё нет шанса, и, я уверен, что вы не проиграли».

Так говорил Сталин Уолтеру Дюранти в рождественском интервью в 1933 году. Дюранти приводит его слова во всех книгах, написанных им после интервью. Но действительно ли Сталин это сказал, никто никогда не узнает. Советский вождь беседовал с Дюранти в Кремле с глазу на глаз. Это было второе — и последнее — интервью, взятое Дюранти у Сталина. Но чтобы взять первое — в 1930 году, московскому корреспонденту нью-йоркской газеты пришлось здорово потрудиться. Второе же было сделано по инициативе самого Сталина, пришедшего к выводу, что Дюранти заслужил его, точнее заработал. Он не только способствовал решению Соединённых Штатов установить дипломатические отношения с Советским Союзом, но и объяснил Америке — и вместе с ней всему англоязычному миру, — что коллективизация проводится на благо всей страны и что искусственный голод в Украине, голод с миллионными жертвами — измышление враждебной большевикам пропаганды. Были, конечно, у Дюранти и другие заслуги

Уолтер Дюранти

перед Сталиным и советской властью — с тех пор, как осенью 1921 года он стал корреспондентом нью-йоркской газеты в столице Советской России.

В вышедшей в свет в 1935 году книге «Я пишу, как мне нравится» («I Write As I Please») Дюранти писал, что придерживается в сообщениях из Москвы правила, которому, по его словам, должен следовать каждый репортёр: «Не верю ничему, что слышу. Верю немногому, что читаю. И верю далеко не всему, что вижу».

Золотое правило, но Дюранти вряд ли когда-либо следовал ему. Если бы следовал, не проработал бы и года в Советском Союзе. После первой же поездки из Москвы за рубеж не получил бы разрешения на въезд в СССР. Так советская власть поступала практически с каждым иностранным журналистом, работой которого не была удовлетворена. Дюранти же ездил из СССР в Европу и Америку и обратно, когда хотел и как хотел. Ему разрешали содержать в Москве роскошную — по тамошним меркам — квартиру. Разрешили иметь любовницу Катю (наверняка чекистка), которая выезжала с ним за границу и родила от него сына Мишу. Ему было дозволено всё, чего не позволяли другим западным журналистам. Дюранти отрабатывал не за страх, а за совесть доброе к нему отношение властей. Сталин поставил на «правильную» лошадь.

В марте 1922 года, когда Сталин стал генеральным секретарём ЦК РКП(б), Дюранти писал: «Сталин — один из самых выдающихся людей в России и самая, возможно, влиятельная фигура здесь». Он предсказал, что Сталин, а не Троцкий или кто-либо другой, возглавит страну после смерти Ленина... Сталин не забыл, конечно, этот прогноз и был осведомлён о том, что Дюранти в корреспонденциях о Шахтинском процессе (1928 год) — первом публичном показательном суде — не выразил ни малейшего сомнения в справедливости обвинений и приговоре. «Большинство обвиняемых, я убеждён, заслужили свою судьбу», — писал Дюранти. И он прославлял коллективизацию как эффективный способ ведения сельского хозяйства в России. Самую большую услугу советскому режиму Дюранти оказал в начале 30-х годов, когда правительство организовало в Украине, на Дону, Нижней Волге и Северном Кавказе искусственный голод, унёсший миллионы жизней.

Сведения о голоде, охватившем громадную территорию на юге европейской части Советского Союза, стали проникать на Запад в 1931 году. Европейцы, бывавшие в этих местах, видели трупы умерших от голода людей. Весной 1933 года английская газета The Manchester Guardian напечатала несколько репортажей Малколма Маггериджа, описавшего виденные им жуткие сцены в Ростове-на-Дону. Вскоре англичанин Гарет Джонс, проведший три недели в Украине, рассказал (сначала на пресс-конференции в Берлине, а затем в Лондоне) о сотнях трупов умерших с голода людей, которых он видел сам. В это время советский режим уже приказал зашторить окна поездов, шедших из Москвы на Северный Кавказ, а остановки поездов сократить до минимума. В конце лета Фредерик Бирчелл, корреспондент The New York Times в Берлине, писал со ссылкой на немцев, побывавших в Советском Союзе, что от голода умерли как минимум четыре миллиона. И он же писал о случаях людоедства.

В сентябре 1933 года Дюранти отправился — с разрешения советских властей — в южные районы России и Украины. Сначала он ездил по Северному Кавказу, затем посетил Ростов-на-Дону, после чего приехал в Харьков — в то время украинскую столицу. Первые три корреспонденции он отправил в свою газету из Ростова. Вот их заголовки: «Советы завоёвывают доверие крестьян», «Члены советской коммуны становятся богаче», «Изобилие на Северном Кавказе». Он писал о встречах со счастливыми рабочими, о богатом урожае, об отличных условиях жизни. Всякий разговор о голоде, писал Дюранти в корреспонденции, датированной 14 сентября, представляет собой «абсолютный вздор». Он критиковал берлинского корреспондента газеты Бирчелла, поверившего историям, которые рассказывают немцы. Правда, в корреспонденциях из Харькова Дюранти писал, что большое число крестьян, отказавшихся от сотрудничества в вопросах коллективизации, осталось без зерна. Но, подчёркивал Дюранти, «кто не работает, тот не ест». Десятидневную поездку по районам, где умерли от голода миллионы, он закончил на праздничной ноте: «Кремль выиграл битву». В конце года Сталин решил преподнести Дюранти рождественский подарок: пригласил взять у него интервью.

В журнале The New Republic в 1936 году в репортажах о показательном процессе Зиновьева и Каменева Дюранти писал, что следует верить признаниям подсудимых. Если же западная публика выражает сомнения в подлинности признаний, ей надо перечитать Достоевского, писавшего о загадочной русской душе.

Корреспонденции Дюранти из Советского Союза на ура встречала левая американская интеллигенция. Тысячи американцев ехали туристами в СССР — посмотреть на советский опыт. В 1931 году педагог-теоретик Джордж Каунтс, возглавивший чуть позднее всеамериканский профсоюз учителей, опубликовал книгу «Пример новой России», в которой убеждал американские школы брать пример с советских; в течение семи месяцев его творение было в списках бестселлеров. Теодор Драйзер, побывав в СССР, прославлял и ставил в пример Америке сталинский пятилетний план. И начитавшись корреспонденций Дюранти и путевых заметок туристов, в Советский Союз хлынули тысячи американцев — помогать в «строительстве социализма». Многие из них нашли смерть в концлагерях.

* * *

Уолтер Дюранти не был, конечно, единственным западным журналистам, писавшим ложь из Москвы в 20–30-е годы, но он стал самым известным. И потому, что писал в The New York Times, и потому, что владел пером лучше большинства коллег.

Дюранти родился в 1884 году в Ливерпуле в состоятельной семье, получил отличное образование — сначала в частных школах, затем в Кембриджском университете. Со школьных лет проявлял способности к языкам — знал греческий и латынь, в совершенстве — французский. Оказавшись в Москве, быстро выучил русский. Он занимался спортом (в школе играл в футбол, в университете увлёкся академической греблей), играл в самодеятельных пьесах, писал в школьную и студенческую газеты. «Был самым образованным репортёром во всей Европе», — сказал о нём коллега много лет спустя. Со школьных лет занимался сексом — сначала с мальчиками (школа была мужской), затем с женщинами. Став журналистом, он часто приводил в смущение коллег откровенными разговорами о сексе. С родителями

Дюранти перестал поддерживать всякие отношения, уехав после окончания университета на континент. В автобиографии «В поисках ключа» («Search for a Key») он убил своих родителей в железнодорожной катастрофе, превратив себя 10-летнего в круглого сироту, хотя мать умерла, когда ему было 32 года, а отец умер еще через 17 лет.

Мы никогда, наверное, не узнаем, чем Дюранти руководствовался, став апологетом советского режима в целом и Сталина в частности. Будучи, безусловно, способным человеком, он мог бы зарабатывать журналистским трудом где угодно, и ему не пришлось бы лгать. Да ведь и Москва была не лучшим местом обитания в 20–30-е годы, даже учитывая, что «гражданин мира» (так Дюранти называл себя) имел массу привилегий.

В 1974 году — через семь лет после смерти Дюранти в Орландо, где он и похоронен, — известный американский журналист Джозеф Олсоп назвал его «модной проституткой», «репортёром, торговавшем ложью».

Если же говорить об осведомлённости Дюранти в советских делах, о чём он не забывал упомянуть едва ли не в каждой корреспонденции, то лучшей иллюстрацией такой осведомлённости служит его статья, напечатанная 17 июня 1941 года в The New York Times. Рассуждая о советско-германском дружеском договоре 1939 года и о слухах, что вот-вот между друзьями начнётся война, Дюранти писал (как всегда, со ссылкой на достоверные источники): «Я буду удивлён, если произойдёт столкновение».

Через четыре дня война между странами с красно-звёздными флагами началась: Национал-социалистическая Германия напала на Союз Советских Социалистических республик.

Забытая история об американских бейсболистах,

игравших в Москве в парке имени Горького

Перед вами, читатель, фотография бейсболистов двух команд. Если судить по буквам на майках, это российские команды.

Действительно, команды российские. Одна — Горьковского автомобильного завода, вторая — московского Клуба иностранных рабочих. Но все игроки — американцы. Судя по фотографии, у них хорошее настроение. Некоторые улыбаются. И почему бы не улыбаться! Они только что сыграли матч далеко-далеко от дома — в Москве, в парке имени Горького, и им аплодировали сотни москвичей. Но когда они, радостные, позировали в июне 1934 года перед фотокамерой, никто из них не догадывался, что их ждёт впереди. Выжили лишь двое. Восемнадцать были либо расстреляны, либо сгинули в сталинских концлагерях — на лесоповалах, в шахтах, на золотых приисках.

С рассказа об этой фотографии английский журналист Тим Цулиадис начинает книгу «Покинутые: американская трагедия в сталинской России» («The Forsaken: An American Tragedy in Stalin's Russia»). Он рассказывает о судьбе американцев, игравших в Советском Союзе в игру, полюбившуюся им со школьных лет.

Поверьте мне на слово, читатель: будучи автором газеты «Советский спорт», журналов «Спортивные игры», «Спортивная жизнь России» и «Физкультура и спорт», я достаточно хорошо знал историю российского и советского спорта и встречался с людьми, блестяще знавшими эту историю. Но я никогда не слышал о бейсбольных соревнованиях в Москве, Ленинграде, Горьком, Петрозаводске, хотя — и Цулиадис иллюстрирует это на фактическом материале — игры бейсболистов освещались в московских газетах, и высшее советское спортивное начальство настаивало на развитии и пропаганде бейсбола. В Ленинграде, где я жил, были люди, знавшие досконально историю городского спорта с добольшевистских времён. Александр Иосифович Иссурин был ходячей спортивной энциклопедией. Виделись мы неоднократно. Он знал, что меня интересует американский спорт. О бейсболе в Ленинграде он никогда не рассказывал. Хотя вряд ли не знал.

Я полагаю, что советская история бейсбола умышленно замалчивалась и продолжает замалчиваться. Потому что все бейсболисты были американцами и все были репрессированы, исчезли, не оставили следов. В сегодняшней России трудно, наверное, найти кого-либо, кто возьмётся воскресить бейсбольное прошлое.

Обратимся снова к фотографии и спросим: кто были эти молодые жизнерадостные парни и как они оказались в тысячах километрах от родного дома? Они приехали из Соединённых Штатов в Советский Союз строить социализм. Сколько приехало? Точной цифры нет. Полагают, больше 100 тысяч. 4 февраля 1931 года газета The New York Times сообщила из Москвы: «Крупнейшая волна иммиграции в современной истории... Советский Союз в ближайшие несколько лет станет свидетелем иммиграционного потопа, сравнимого с наплывом [иммигрантов] в Соединённые Штаты в десятилетие перед [Первой] мировой войной... Наступит день, когда иностранные рабочие напишут домой: "Здесь всё хорошо. Почему бы и вам не приехать? Работы навалом для каждого, еды вдоволь. Россия не так плоха, как место, в котором вы живёте. Нет увольнений или временной работы, вы получите всё что хотите"».

Среди иммигрантов определённую долю составляли коммунисты и профсоюзные активисты. В этой группе было немало тех, кто перебрался в Америку из добольшевистской России, и они говорили по-русски. Но в большинстве своём поехавшие в Советский Союз были оставшимися без работы в первые годы Великой депрессии, они не были идеологизированы. Некоторые семьи продали всё, что у них было, и купили сельскохозяйственный инвентарь, чтобы организовать коллективное хозяйство — колхоз — неподалёку от Москвы. Шестнадцать жителей Сан-Франциско купили тракторы для «портлендской общины», организованной жителями Портленда (штат Орегон) неподалёку от Киева. В городе Вичита (штат Канзас) родилось Общество по иммиграции в Советский Союз (The Soviet Emigration Society), объединившее 342 человека.

Несколько сотен рабочих фордовских заводов приехали в 1931 году из Детройта в Нижний Новгород строить автомобильный завод. Они поселились в местечке, который назвали Nizhni New York. Когда Нижний Новгород стал городом Горький, они изменили название на Russian Fordville. Американцев разместили в трёхэтажных многоквартирных домах, на каждом этаже была общая — коммунальная — кухня. Большинство рабочих приехали с семьями. Дети играли в знакомые им игры, в частности в бейсбол.

Игры бейсболистов проходили всюду, где жили иммигранты из Соединённых Штатов. Лучшие игроки объединялись в городские команды. В октябре 1931 года усилиями влюблённой в Советский Союз американки Анны Луизы Стронг — подруги Элеоноры Рузвельт — открылась газета The Moscow Daily News, которая информировала читателей о бейсболе. В Москве соревновалось несколько бейсбольных команд. Сильнейшими были Клуб иностранных рабочих и команда ЗИС (автомобильный завод имени Сталина). Матчи бейсболистов собирали сотни зрителей.

Летом 1932 года Высший совет по физической культуре (в 1936-м был преобразован во Всесоюзный комитет по делам физической культуры и спорта) распорядился ввести бейсбол в программу соревнований как «национальный спорт». Вскоре бейсболисты Клуба иностранных рабочих начали тренировать юных москвичей на стадионе имени Томского (стал стадионом «Юных пионеров» после того, как Михаила Томского признали «врагом народа»). «Americanski beisbol» мало-помалу вписывался в спортивную жизнь советской столицы. Заводская газета автозавода имени Сталина призывала рабочих «играть в новую игру бейсбол».

Бейсбольный матч в Парке имени Горького между бейсболистами Горьковского автозавода и московского Клуба иностранных рабочих в июне 1934 года был первым, в котором встречались команды из разных городов. Капитан хозяев Арнольд Придин и его брат Уолтер вели москвичей к победе со счётом 16:5. Тем же летом москвичи приехали в Петрозаводск на встречу с командой «Карельские американцы». Матч собрал две тысячи зрителей. Репортаж вело всесоюзное радио. Героем поединка стал капитан петрозаводской команды Альберт Лонн — бейсбольный фанатик из Детройта, захвативший в иммиграцию сувенир — мяч с автографом Бейба Рута. «Карельские американцы» победили московских 13:7. На следующий день — 12:2.

4 июля 1934 года — в День Независимости США — в Москве был сыгран бейсбольный матч, которому уделили внимание корреспонденты всех западных газет. Их интерес объясним. На поле была команда американских репортёров, которой противостояла команда сотрудников посольства США во главе с послом Уильямом Буллитом. Соперники подготовились к встрече. Они заказали экипировку у компании Spalding и предстали перед зрите-

лями во всей красе — будто бы «Нью-йоркские янки». Дипломаты победили репортёров 21:3. Буллит отметился хоум-раном и заслужил письменную похвалу президента Франклина Делано Рузвельта.

В апреле 1935 года Клуб иностранных рабочих объединял уже две команды — «Молот и серп» и «Красная звезда». К этому времени у клуба появился почётный капитан. Им стал актёр и певец Поль Робсон, бывший звездой американского футбола в годы учёбы в Ратгерском университете. Он с удовольствием принял предложение стать почётным капитаном в бейсбольном клубе. Робсон приезжал в Москву в 1934 году, чтобы обсудить с кинорежиссёром Сергеем Эйзенштейном роль в будущем фильме. Он выступал с концертами на заводах, его на ура встречали рабочие — иммигранты из Соединённых Штатов. «Только в Советском Союзе, — говорил Робсон, — я почувствовал себя полноценным человеком. Никаких предубеждений к цветным, как в Миссисипи, как в Вашингтоне». Роль в фильме Эйзенштейна он не получил, но зато устроил сына в школу, где учились дочь Сталина и сын Молотова.

В 1935 году бейсбол был на подъёме, но наступил 36-й, и интерес к игре угас. «Где старые бейсбольные энтузиасты, и почему их не видно на тренировках? — спрашивала газета The Moscow Daily News. — В этом сезоне в Москве ничего не слышно из таких городов, как Петрозаводск, Горький и Ленинград».

В 1936 году первая в Москве игра бейсболистов состоялась только в июле. На стадионе «Локомотив» бейсболисты «Красной звезды» победили «Молот и серп» со счётом 4:3. В следующем месяце начался показательный процесс по делу «Троцкистско-зиновьевского террористического центра». Прокурор Андрей Вышинский обвинил подсудимых в шпионаже: «Эти бешеные собаки должны быть расстреляны», — заявил он. Играть в американскую игру стало небезопасно.

«Вскоре все следы существования бейсбола были удалены из жизни Советской России. Осталось только несколько черно-белых фотографий, похороненных в пыльных архивах Библиотеки Конгресса», — пишет Тим Цулиадис.

Перед вами, читатель, одна из этих фотографий. К сожалению, в подписи к ней нет имён игроков. Но известно (спасибо Цулиадису!), что только двое выжили. И не только выжили. Они вернулись в Америку и опубликовали мемуары. Эти двое — Виктор Герман и Томас Сговио.

Еврей Самуил Герман, отец Виктора, уехал из Российской империи, из Украины, в Америку в 1909 году. Через двадцать два года он, профсоюзный активист на заводе Форда в Детройте, отправился строить автомобильный завод в Нижнем Новгороде, захватив с собой жену и двух сыновей. Виктору, младшему, было 16 лет.

Виктор Герман
после возвращения в Америку

Отец Томаса Сговио, Джозеф, уехал в Америку из Италии и обосновался в Буффало. В 20-е годы стал коммунистом, в начале 30-х отправился с семьёй в СССР строить социализм. Увлекавшемуся рисованием сыну было 19 лет. Томас мечтал учиться мастерству художника в московской художественной школе.

Томаса Сговио и Виктора Германа арестовали в 1938 году почти одновременно: Томаса — 12 марта в Москве при выходе из посольства США. Виктора — 20 марта в Горьком. Того и другого обвинили в шпионаже. Томаса приговорили к пятилетнему заключению и отправили на Колыму, Виктора приговорили к десяти годам и отправили в Красноярский край. Томаса не освободили через пять лет, срок наказания был продлён ещё на четыре. В 50-е годы того и другого вновь арестовали. Томаса реабилитировали в 1953 году, Виктора — в декабре 1955-го.

Томас Сговио
после возвращения в Америку

Томас Сговио смог вырваться из Советского Союза довольно быстро — в 1960 году; благодаря итальянским корням его отпустили в Италию. Виктор Герман добивался разрешения на выезд в течение двадцати лет, уехал только в 1976 году. Их документальные повествования были опубликованы в 1979-м.

«Возвращение из мира холода» («Coming Out of the Ice») так назвал Герман свою книгу. Сговио назвал свою просто «Дорогая Америка!», но снабдил её подзаголовком «Одиссея молодого американского коммуниста, который чудом выжил в суровых трудовых лагерях Колымы» («The Odyssey of an American Communist Youth Who Miraculously Survived the Harsh Labor Camps of Kolyma»). Воспоминания Сговио переведены на русский.

Как сумели выжить эти двое? Во-первых, они не были расстреляны, как большинство тех, кто на фотографии. Во-вторых, им повезло.

На Колыме, куда отправили Томаса Сговио, выжили единицы. Если бы ему довелось добывать золото или работать в урановой шахте, он разделил бы судьбу сотен тысяч. Помогло рисование. Иногда начальство приказывало оформить «Доску почёта». Случалось, начальники заказывали портрет. Выручали и уголовники, ибо политзэк мог нарисовать татуировку. К тому же Томас был хорошим рассказчиком. Рассказывал об американских гангстерах, о приключениях Тарзана. Уголовники подкармливали мастера рассказов. Время от времени требовался переводчик с английского — когда в концлагерь попадал товар, отправленный по ленд-лизу Америкой Красной армии. Томас трижды был на пороге смерти, доходягой. Каждый раз оставался жить. Повезло.

У Виктора Германа другая история везения. Его страстью был спорт. Не только бейсбол, но и бокс, и лёгкая атлетика, а также авиационный и парашютный спорт. В 1934 году он установил мировой рекорд по затяжным прыжкам с парашютом. Газета The Detroit Evening Times сообщила об этом в статье «Detroit Boy Wins Fame as "Lindy of

Russia"». Однако мировой рекорд «Русского Линдберга» зафиксирован не был. Для оформления рекорда требовалось указать гражданство рекордсмена. Виктор отказался менять USA на USSR. Цулиадис считает, что тем самым он «решил свою судьбу». Я позволю себе не согласиться. Томас Сговио отказался, как и многие другие американцы, от американского гражданства, но, тем не менее, как и многие другие, был обвинён в шпионаже.

Спортивная закалка помогла Герману выжить. Ещё в тюрьме, вскоре после ареста, он дал понять уголовникам, что с ним шутки плохи. Кулаки выручали его и в концлагере. Время от времени начальство освобождало Германа от общих работ — лесоповала — и определяло на работу в контору, где требовались умевшие читать, писать и считать.

Барак в концлагере на Колыме. Рисунок Томаса Сговио

Знали ли американские дипломаты о страшной судьбе иммигрантов и, если знали, то предпринимали ли что-либо, чтобы помочь соотечественникам? У читателей книги Цулиадиса есть ответ на этот вопрос. Ответ в заголовке книги: «The Forsaken» — «Покинутые». «Покинутыми», брошенными на произвол судьбы правительством США, были тысячи.

Соединённые Штаты и Советский Союз установили дипломатические отношения 16 ноября 1933 года. Уильям Буллит прибыл в Москву 13 декабря. Через четыре месяца посол уже знал — не мог не знать — об исчезновении гражданина США Генри Майвина. 4 апреля 1934 года Майвин был в посольстве, чтобы зарегистрировать американский паспорт, а затем исчез. В послании посольства в Вашингтон говорилось: «Люди, живущие в доме, где была квартира мистера Майвина, ответили на наш запрос, что ОГПУ арестовало мистера Майвина и расстреляло»... 16 февраля 1935 года поверенный в делах Джон Купер Уайли докладывал в Вашингтон: «Если американский гражданин исчезает в Советском Союзе, не оставляя следов, возможность посольства предоставить защиту таким гражданам становится почти невозможной».

Посольство США ничего не предпринимало для защиты американских граждан. Да и не желало предпринимать. Этих людей никто не гнал в Советский Союз, они покинули Америку по собственному желанию. Пусть и расхлёбывают кашу, которую сами заварили. Президенты США — начиная с Рузвельта — избегали конфликтных ситуаций из-за оказавшихся в Советском Союзе американских граждан. Даже тех, кто попал в СССР не по собственному желанию. Как, например, американцы, «освобождённые» Красной армией из немецких концлагерей и тут же отправленные «освободителями» в советские. Как, например, американские лётчики — участники Корейской войны, попавшие в плен и оказавшиеся в Советском Союзе. Но это уже другая история, которой не нашлось место в книге «Покинутые».

15 января 1935 года издаваемая в Нью-Йорке коммунистами газета The Daily Worker напечатала интервью с вернувшимся из Москвы Полем Робсоном. Вот как он ответил на вопрос о появившихся в советской прессе сообщениях о «контрреволюционерах-террористах»: «Наблюдая работу советского правительства, я могу только сказать, что каждого, кто поднял руку на это правительство, следует расстрелять. Обязанность этого правительства — подавить любую оппозицию... Представители каждой расы поддерживают правительство».

Джозеф Дэвис, сменивший 16 ноября 1936 года Уильяма Буллита, следил за показательными процессами в Москве не по газетам. Ему предоставляли почётное место в зале суда. Дэвис выполнял просьбу своего друга Франклина Делано Рузвельта «быть глазами и ушами» происходящих событий. Посол США называл себя «беспристрастным наблюдателем» и докладывал другу-президенту, что не сомневается в вине подсудимых.

Джозеф Дэвис не имел, разумеется, понятия о Викторе Германе и Томасе Сговио, но если бы ему донесли о вынесенных им приговорах, он, следует предположить, посчитал бы, что тот и другой заслужили наказание. Как, конечно, все, кто сохранился в памяти благодаря архивной чёрно-белой фотографии.

Непоколебимый американский сионист Бен Хехт

Бен Хехт объявил, что «стал евреем и начал смотреть на мир еврейскими глазами в 1939 году». Трудно поверить, что в предыдущие сорок пять лет своей жизни родившийся в еврейском гетто на манхэттенском Ист-Сайде сын беженцев из царской России (он говорил, что мать и отец из Украины, брат говорил, что из Белоруссии) не смотрел на мир еврейскими глазами. Да и журналистская работа Хехта в чикагских газетах свидетельствует: он всегда интересовался евреями и еврейской темой. Но 1939 год действительно стал поворотным в его жизни. После нападения Германии на Польшу Хехт понял, что евреям грозит смертельная опасность. Он стал одним из первых — а в Америке, наверное, первым, — кто предвидел Холокост.

К 1939 году Бен Хехт уже заслужил славу одного из лучших киносценаристов. Сценаристом же он стал почти случайно. Утром ноябрьского дня 1926 года Хехт всё ещё нежился в кровати, когда жена вручила ему принесённую почтальоном телеграмму. «Не примешь ли ты работу в кинокомпании "Парамаунт" за три сотни долларов в неделю? — спрашивал перебравшийся в Лос-Анджелес друг-журналист Герман Манкевич. — Все [дорожные] расходы оплачиваются. Триста долларов — это гроши. Здесь могут быть схвачены миллионы, а все твои конкуренты — идиоты. Не упусти возможность».

Хехт не упустил. Он, как говорил Гай Юлий Цезарь, «пришёл, увидел, победил». В 1927 году Хехт получил «Оскара» за первый же написанный сценарий — к фильму «Подполье». В следующие двенадцать лет — до 1939-го — он был автором или соавтором не менее 50 сценариев, в их числе к фильмам «Дилижанс» (лучший, на мой взгляд, вестерн) и «Унесённые ветром». Плюс к этому Хехт писал романы и пьесы, был режиссёром и продюсером. Выдающийся французский кинодеятель Жак-Люк Годар, работавший, как и Хехт, в самых различных киноипо-

Бен Хехт

стасях, назвал Хехта «гением». «Он изобрёл 80 % того, что сегодня использует Голливуд», — сказал Годар в 1988 году, двадцать четыре года спустя после смерти Хехта.

С чикагских времён Хехт считал политику грязным занятием и соответственно относился к политикам. Он не изменил отношения к политикам до конца жизни. Но события в Германии после прихода к власти нацистов и нападение немцев на Польшу заставили его заняться политикой. И политическая деятельность отодвинула кинодеятельность на второй план, хотя Хехт продолжал писать сценарии, писал, как всегда, много (восемь недель на сценарий — это была установленная им для себя норма).

Итак, в 1939 году Бен Хехт «начал смотреть на мир еврейскими глазами» — принялся агитировать за вступление Соединённых Штатов в Мировую войну. Трибуной для него стала нью-йоркская ежедневная газета «Пи-Эм» (PM). На её страницах Хехт выступал против комитета «Америка прежде всего» (America First Commitee), который убеждал всех и вся, что американские парни не должны жертвовать собой в Европе. Пусть европейцы сами разбираются в своих внутренних делах. Особенно доставалось от Хехта Джозефу Кеннеди, который в 1938–40 годах был послом США в Лондоне и настаивал на невмешательстве Америки в войну. В январе 1941 года газета PM напечатала комментарий Хехта о закрытой для посторонних глаз организованной Кеннеди встрече «с важными евреями Голливуда и Нью-Йорка». Хехт писал: «Джо дал совет своим семитским дружкам. Он советовал им не высовываться, не привлекать к себе внимания… Ибо критика гитлеризма ответит бумерангом и повредит всем евреям». Хехт отвергал подобные советы и клеймил Кеннеди как умиротворителя нацистов.

В сентябре 1941 газета PM опубликовала комментарий Хехта «Когда-то они были завоевателями». Прочитав комментарий, приехавшие в Америку из Палестины члены «Комитета армии для евреев без гражданства и палестинских евреев» решили связаться с автором. Эта встреча превратила Хехта из агитатора в активиста борьбы евреев за создание в Палестине своего государства.

В комментарии «Когда-то они были завоевателями» Хехт описывает фотографию, сделанную на какой-то варшавской улице. Пятеро хохочущих немцев смотрят, как их командир стрижёт, ради забавы, «пейсы еврея, как будто бы вырывает перья из мёртвой курицы». «Молодой еврей, — пишет Хехт, — стоит, глядя прямо в глаза своего мучителя. Так бы он мог стоять много лет назад на трибуне в Иерусалиме, получив признание своего народа, который с гордостью смотрел на него...»

Вскоре после публикации Хехт получил телеграмму, автор которой Питер Бергсон, отрекомендовавшись членом «Комитета армии для евреев», писал, что «создавая еврейскую армию, мы преобразуем героический дух в героические дела». У Хехта не было намерения создавать еврейскую армию, и он не ответил на телеграмму. Бергсон не отступил, отправил ещё одну. На вторую Хехт откликнулся. Он встретился с Бергсоном в нью-йоркском ресторане 21 Club. С этой встречи началось активное сотрудничество Хехта с палестинскими евреями, и это превратило известного всей Америке киносценариста и журналиста во врага раввина Стивена Вайза — президента Американского еврейского конгресса и руководителя Американского сионистского конгресса, то есть фактически главного еврея в стране. Вайз на корню отвергал планы «бергсонистов», как называли членов группы, которую возглавлял палестинский еврей Питер Бергсон (родившийся в Литве как Хилель Кук). Вайз был сионистом, Бергсон — сионистом-ревизионистом. Хехта вряд ли беспокоила идеологическая терминология.

Разногласия сионистов-ревизионистов с сионистами были принципиальными. Их сформулировал Владимир Жаботинский, основатель движения сионистов-ревизионистов, родившийся в 1880 году в Одессе. Блестящий журналист, он был одним из организаторов в 1903 году первого в России отряда еврейской самообороны. В том же году он стал активным участником сионистского движения — за создание еврейского государства в Палестине. Когда началась Мировая война, Жаботинский призвал сионистов сформировать еврейский легион, и этот легион участвовал в составе британской армии в освобождении Палестины от турок. После окончания войны Жаботинский был избран в состав руководства Всемирной Сионистской организации, но вскоре начал конфликтовать с президентом организации Хаимом Вейцманом. В середине 20-х годов пути Жаботинского и Вейцмана разошлись.

Будучи англофилом, живший в Манчестере Вейцман считал, что принятая в 1917 году Декларация Бальфура гарантирует создание в Палестине еврейского государства. Поэтому, считал Вейцман, евреям следует прислушиваться к мнению Британии, не раздражать английские власти в подмандатной Британии Палестине. Жаботинский отвергал такую позицию. Он не верил англичанам, считал необходимым создать в Палестине политическую организацию, а в противостоянии с арабами рассчитывать на еврейские военизированные отряды. Жаботинский также отвергал социалистические идеи Вейцмана и сионистов, ибо, считал он, классовая борьба разрушает национальное единство евреев. Окончательный раскол сионистов-ревизионистов с сионистами произошёл в 1935 году, когда у власти в Германии уже были нацисты.

Жаботинский не сомневался, что нацисты представляют угрозу всем евреям в Европе, и призывал евреев спасаться, переезжать в Палестину. Вейцман придерживался мнения, что в Палестине нет места для шести миллионов евреев. Жаботинский так не считал. В опубликованной в 1961 году книге «Вероломство» («Perfidy») Бен Хехт цитирует и того, и другого.

В 1937 году Вейцман, выступая с программной речью на Всемирном сионистском конгрессе, в частности, сказал: «[Англичане] меня спросили, могу ли я доставить в Палестину шесть миллионов евреев, и я ответил: нет... Старики исчезнут... Они сор, экономический и моральный сор в безжалостном мире... Только молодые выживут... Они [евреи] должны согласиться с этим...»

Жаботинский не согласился. В 1938 году он заявил: «Создавать в Палестине дом для избранных или для какой-то части нашего народа — это не наша цель. Цель наших усилий — организовать систематическую массовую эвакуацию евреев из всех стран, в которых они живут».

В марте 1939 года правительство Британии выпустило «Белую книгу» («The White Paper of 1939»), которая ограничивала ежегодную еврейскую иммиграцию в Палестину пятнадцатью тысячами. Жаботинский возразил: «Переезд миллионов евреев на их землю спасёт европейских евреев от истребления... Массовая эвакуация — единственное лекарство от еврейской катастрофы».

Повторю ещё раз: Хехта не интересовали идеологические разногласия в сионистском движении. Его интересовала практическая сторона: что следует делать для оказания помощи европейским евреям. Он считал необходимым переезд евреев в Палестину и не менее необходимым вооружение евреев, которым постоянно угрожали арабы. Кроме того, он был уверен, что американцы — не только американские евреи — должны знать об угрозе европейским евреям. По словам Ицхака Бен-Ами, одного из «бергсонистов», Хехт «мог стать голосом, который достигнет уха Америки, — голосом, свободным от политических и местнических интересов еврейского истеблишмента». Хехт и стал таким голосом. Он взялся за сбор пожертвований «Комитету армии для евреев без гражданства и палестинских евреев», и уже в начале января 1942 года было собрано достаточно денег для оплаты страничной рекламы в The New York Times.

«Евреи сражаются за право сражаться! — провозглашала реклама. — Первые жертвы гитлеровской агрессии... Они хотят дать отпор и мстить...» Рекламное обращение было подписано конгрессменами, раввинами, деятелями культуры... Вскоре Хехт взялся за организацию в Голливуде и Нью-Йорке встреч «бергсонистов» с кинодеятелями. В конце 1942 года «бергсонисты» дали своей организации новое название «Чрезвычайный комитет по спасению евреев Европы». Хехт писал статьи с призывом жертвовать и писал сценарии представлений, сборы от которых поступали в фонд комитета.

«Мы никогда не умрём» («We Will Never Die») — так называлось шоу, дебютировавшее в нью-йоркском «Мэдисон-Сквер-Гарден» 9 марта 1943 года и затем показанное в Филадельфии, Бостоне, Чикаго, Лос-Анджелесе. Представления собирали десятки тысяч зрителей. Раввин

Вайз и его сторонники блокировали шоу в Балтиморе, Буффало, Рочестере... Причина? Официальная еврейская община проводила свою собственную кампанию для оказания помощи евреям Европы и видела в «бергсонистах» не союзников, а конкурентов.

После войны отношения Хехта с официальной еврейской общиной в США обострились. Община поддерживала Вайцмана, считавшего, что евреи должны выполнять требования «Белой книги» и сотрудничать с британскими властями в подмандатной Палестине. Эту позицию разделяли председатель Еврейского агентства в Палестине Давид Бен Гурион и его главный помощник Голда Меерсон (Меир). А сионисты-ревизионисты выступали за массовую иммиграцию евреев в Палестину и поддерживали вооружённую борьбу с властями Британии. «Чрезвычайный комитет по спасению евреев Европы» был преобразован в «Американскую лигу за свободную Палестину». Лига выступала за нелегальную — вопреки установленной «Белой книгой» квоте — иммиграцию евреев в Палестину и поддерживала сражавшихся с англичанами бойцов подпольной организации «Иргун».

5 сентября 1946 года в бродвейском театре Alvin состоялась премьера пьесы Хехта «Флаг родился» («A Flag is Born'»), первоначально названной им «Палестина наша» («Palestine is Ours») и прославлявшая «Иргун». Музыку написал Курт Вайль, автор музыки шоу «Мы никогда не умрём». На сцене были только три актёра. Роль журналиста, рассказывавшего о страшных событиях в Европе во время войны, исполнял никому тогда не известный Марлон Брандо. Годы спустя Брандо вспоминал, что после того, как в один из вечеров он обратился к залу: «Где

были вы — евреи? Где были вы, когда происходили убийства?» — поднялась женщина и гневно спросила: «А вы где были?»

Пьеса «Флаг родился» шла на Бродвее не четыре недели, как планировалось, а четыре месяца. Успех превзошёл ожидания. Собранных денег оказалось достаточно, чтобы купить у американского правительства выставленный на аукцион германский пароход. 26 декабря 1946 года пароход «Абриль» с американской командой под флагом Гондураса лёг курсом из Нью-Йорка в Марсель. Когда 28 февраля 1947 года пароход отчалил из французского порта, на борту находились 635 евреев. Судно получило новое имя: «Ben Hecht». Спустя десять дней, 8 марта, два британских эсминца преградили путь «Бен Хехту» неподалёку от берега Палестины. Пассажиров арестовали и отправили на Кипр в лагерь для перемещённых лиц, команду — граждан США — переправили в Америку. Встретив в Нью-Йорке членов экипажа, Хехт назвал англичан «негодяями и лицемерами», с которыми сражаются «патриоты». Но на этом Хехт не остановился. «Ранее существовало, — сказал он, — пятьдесят семь различных палестинских стратегов, сионистов-болтунов, евреев-спорщиков... Сегодня есть только две еврейские группы — террористы и запуганные».

В рекламном обращении к евреям в газетах The New York Post и The New York Herald Tribune' Хехт не оставил сомнения, на чьей он стороне. «Мои храбрые друзья! — обратился он в рекламе "Письмо террористам Палестины". — Вы можете не поверить написанному. Но моё слово — это слово старого репортёра. То, что я пишу, правда... Каждый раз, когда вы взрываете британский

Юный еврейский беженец на пароходе
«Бен Хехт» на пути в Палестину

арсенал, взламываете британскую тюрьму, посылаете к небесам британский поезд, грабите британский банк и отправляете на тот свет своими ружьями и бомбами британских предателей и оккупантов вашей земли, в сердцах евреев Америки небольшой праздник».

Хехт также не оставил сомнения, на чьей он стороне, написав короткую пьесу «Террорист», которая собирала несколько вечеров полный зал «Карнеги-холла». В декабре 1947 года он отправился в Лос-Анджелес на встречу с главным лос-анджелесским мафиози Микки Коэном и попросил его «помочь делу евреев в Палестине». В фешенебельном ресторане Slapsy Maxie на бульваре Уилшир собралось несколько сот персонажей газетных криминальных колонок. Хехт рассказал им о борьбе бойцов «Иргун» и их командира Менахема Бегина с английскими оккупантами. Фонд «Иргун» пополнился десятками тысяч долларов.

В Британии Хехт стал врагом номер один. В октябре 1948 года Британская кинематографическая ассоциация запретила демонстрировать фильмы, в титрах которых было его имя. Годы спустя Хехт писал: «Британцы простили всех евреев, которые сражались с ними, — даже позволили Менахему Бегину напечатать в Лондоне свои мемуары. Но они продолжают поносить и бойкотировать меня, как если бы я обстреливал берег Альбиона из личной пушки».

Сегодня мы вряд ли обнаружим здравомыслящего человека, который бы одобрял террор и терроризм. Но можно ли — надо ли? — судить обо всех событиях истории современными мерками? В книге «Вероломство» Хехт приводит слова Уинстона Черчилля, сказанные им в конце 40-х годов в Нью-Йорке в доме финансиста Бернарда Баруха, бывшего советником президента Франклина Рузвельта: «Если вы были заинтересованы в создании еврейского государства, вам следовало быть вместе с правильными людьми. Это был "Иргун", заставивший англичан уйти из Палестины», — сказал хозяину дома Черчилль (в то время частное лицо, а не премьер-министр)... Хехт не сомневался в этом. Он сравнивал «Иргун» с армией Джорджа Вашингтона, сражавшейся в Северной Америке за независимость тринадцати английских колоний, и с армией Симона Боливара, сражавшейся в Южной Америке за свободу против Испании.

«Он писал истории, и он сделал историю», — сказал в апреле 1964 года на церемонии прощания с Хехтом бывший руководитель «Иргуна» Менахем Бегин, ушедший годом ранее в отставку с поста премьер-министра Израиля.

Сегодня, спустя более полувека после смерти Хехта, каждый, кто болеет душой и сердцем за Государство Израиль, должен признать: еврейской общине Америки не хватает такого человека, как Хехт. Мы можем ни секунды не сомневаться, что он был бы в числе главных американских союзников Биньямина Нетаньяху, который возглавляет основанную Бегином партию. Хехт безоговорочно поддержал бы решение президента Дональда Трампа о переводе посольства США в Иерусалим. И Хехт громко осудил бы американских евреев — в их числе и депутатов Конгресса, опасающихся критиковать открытых антисемитов в Палате представителей.

Сегодняшней Америке не достаёт таких евреев, каким был Бен Хехт.

Джо Маккарти и маккартизм: легенды и факты

В четверг 4 декабря 2014 года 98-летняя Мириам Московиц пришла в федеральный суд в Манхэттене, чтобы, как она сказала, «очистить перед смертью своё имя». В дни и недели, которые предшествовали рассмотрению её апелляции, Московиц встречалась с журналистами и, с кем бы она ни беседовала, называла себя жертвой маккартизма.

«64 года спустя — битва, чтобы стереть приговор эры Маккарти» — под таким заголовком газета The Los Angeles Times напечатала днями ранее, 24 ноября, рассказ о Московиц. «Людям необходимо знать историю... Знание истории заставляет людей думать», — процитировала её газета.

Золотые слова!.. Московиц изложила свою историю в автобиографии «Дутые шпионы, дутое правосудие» («Phantom Spies, Phantom Justice»), вышедшей в свет в 2010 году. Есть у книги и подзаголовок: «Как я уцелела при маккартизме» («How I Survived McCarthism»).

Её автобиография — лишь один из тысяч мифов о сенаторе Джозефе Маккарти и «эпохе маккартизма», как принято называть десятилетие, последовавшее за окончанием Второй мировой войны... Я воспользуюсь, однако, словами Московиц из её интервью лос-анджелесской газете: «Людям необходимо знать историю... Знание истории заставляет людей думать...»

Энциклопедический словарь Уэбстера разъясняет, что «маккартизм» представляет собой «обвинения в нелояльности, которые в большинстве случаев не подтверждаются фактами». О «страшной эпохе маккартизма» американцы знают со школьной скамьи. Об этой эпохе в истории Соединённых Штатов известно и за пределами Америки.

Что же это была за эпоха? Впрочем, прежде чем ознакомиться с ней, давайте познакомимся с тем, кто дал ей имя, — Джозефом Реймондом Маккарти, с Джо Маккарти, как принято его называть. Познакомимся с биографией Джо Маккарти до его избрания в Сенат — верхнюю палату американского Конгресса.

Ни секунды не сомневаюсь, что вряд ли многие читатели знают то, о чём я расскажу. Я в этом уверен. Потому что с кем бы я ни говорил о Маккарти, мало кто знал что-либо о первых 38 годах его жизни, то есть до избрания в Сенат. Попутно замечу: когда Маккарти был избран в Сенат, он стал самым молодым депутатом верхней палаты. Уже один этот факт достоин внимания...

Джо Маккарти родился в 1908 году в штате Висконсин, неподалёку от города Эпплтон. Отец Тим был фермером. Мать Бриджет вела хозяйство и растила детей. Тим и Бриджет были детьми иммигрантов из Ирландии. В семье было семеро детей. Джо был пятым. Отцовской ферме требовались рабочие руки, и, закончив 8 класс, 14-летний Джо ушёл из школы, чтобы помогать отцу.

Затем, по совету отца, он завёл собственный бизнес — птицеферму. Куры несли яйца, Джо поставлял их в магазины Эпплтона. Но зимой 1928–29-го года Джо тяжело заболел, долго не мог работать, за курами некому было смотреть, и бизнес прогорел. И? И Джо Маккарти решил возобновить учёбу в школе.

В сентябре 1929 года, за два месяца до того, как ему исполнился 21 год, Джо пришёл в 9 класс вместе с 14–15-летними ребятами. Первую половину дня он проводил в школе, а затем работал, где придётся. За один учебный год — с сентября 1929-го по июнь 1930-го — Джозеф Маккарти завершил программу четырёх классов — 9-го, 10-го, 11-го и 12-го. Он стал первым и единственным из семьи Маккарти, закончившим школу. Осенью 1930 года Маккарти начал учиться на инженера-электрика в Университете Маркетт в Милуоки, а в 1932-м третьекурсник Маккарти решил стать юристом. Спустя три года он получил диплом правоведа и сдал экзамен на право заниматься юридической практикой.

Все годы, что Маккарти учился в университете, он работал на бензозаправочной станции, тренировал боксёров университета и сам выступал в университетской команде. И он стал активным участником студенческого дискуссионного клуба, оттачивал своё ораторское мастерство... Осенью 1935 года 27-летний Маккарти приступил к работе в юридической фирме в городе Шавано, что в часе езды к северу от Эпплтона.

В 1936 году Маккарти сделал первый шаг в политической карьере — вступил в борьбу за пост окружного прокурора и... потерпел на выборах поражение. До этого года он был демократом, но разочаровался в рузвельтовском

«Новом курсе» и стал республиканцем. Через три года — в 39-м — Маккарти выставил свою кандидатуру на пост окружного судьи и на этот раз победил. Судья Маккарти быстро завоевал популярность. Газеты города Шавано и близлежащих мест постоянно знакомили читателей с его деятельностью, и зал суда всегда заполняли любопытные. Они хотели послушать судью и редко уходили разочарованными.

«Билл, если вы хотите выиграть дело, вам не следует приходить в этот зал с сигарой в зубах!» — советовал судья Маккарти адвокату.

В другой раз Маккарти дал деньги на сигареты подсудимой, обвиняемой в убийстве мужа. «Её муж был отвратительным типом и заслуживал смерти!» — заявил судья.

В декабре 1941 года, когда Маккарти уже подумывал о следующем политическом шаге, японцы напали на Перл-Харбор и Соединённые Штаты вступили в войну. Будучи окружным судьёй, Маккарти был освобождён от призыва в армию. Однако в июле 1942 года он записался в армию добровольцем. В марте 43-го, после десяти месяцев учёбы на базе в Куантико, штат Виргиния, лейтенант Джозеф Маккарти отправился на бомбардировщике на тихоокеанский остров Гуадалканал, где находился один из важнейших в войне против Японии американских аэродромов.

Маккарти совершил двенадцать боевых вылетов, хотя неоднократно утверждал, что больше тридцати. Но он не единственный политик, преувеличивавший свои воинские заслуги. Достаточно вспомнить президента Линдона Джонсона. В 1942 году Джонсон был конгрессменом, и президент Рузвельт послал его в Австралию и Новую Гвинею, чтобы ознакомиться с планами генерала Дугласа

Маккартура. Джонсон не вернулся в Америку из Австралии, пока не добился Серебряной звезды, которую дают «за мужество и отвагу в бою». Ни в каких боях конгрессмен Джонсон не участвовал. А Джо Маккарти принимал участие в воздушных сражениях.

В 1944 году, ещё находясь на военной службе, Маккарти выставил свою кандидату в Сенат. Его соперником на первом этапе выборов, в праймериз, был республиканец Александр Уайли, которого висконсинцы избрали в Сенат в 1938 году. Уайли победил, набрав 60 процентов голосов. Через два месяца после поражения на выборах, в январе 1945 года, Маккарти уволился из армии и, вернувшись в родной штат, начал готовиться к очередной борьбе за место в Сенате. Битва предстояла серьёзная. На этот раз Джозефа Маккарти обошёл в праймериз сенатор Лафолетт.

В первой половине XX века семья Лафолетт была в штате Висконсин столь же политически всесильной и влиятельной, как семья Кеннеди в штате Массачусетс во второй половине XX века. Роберт Лафолетт был губернатором Висконсина с 1901 по 1906-й год, а с 1906-го и до смерти в 1924 году представлял свой штат в Сенате. После его смерти место в Сенате занял его сын — Роберт-младший. Республиканец Лафолетт играючи расправлялся с соперниками, когда дело доходило до выборов. В 1946 году на первом этапе выборов — в республиканских праймериз — его соперником был Джо Маккарти, и Лафолетт не сомневался, что этот политик-новичок станет его лёгкой жертвой. Лафолетт отказался от дебатов с Маккарти. «Не хочу привлекать к нему внимание», — объяснил Лафолетт. Но праймериз выиграл Маккарти.

Выиграл с микроскопическим преимуществом в один процент голосов.

Маккарти победил во многом благодаря поддержке… коммунистов Висконсина. Коммунисты не простили Лафолетту публичной критики Советского Союза во время войны и призывали республиканцев голосовать за Маккарти… Джо Маккарти стал кандидатом Республиканской партии. На всеобщих выборах в ноябре 1946 года он победил соперника-демократа и в январе 1947-го в 38 лет стал самым молодым депутатом Сената. В тот год места депутатов впервые заняли в Конгрессе — правда, не в верхней палате, а в нижней, в Палате представителей, — 30-летний Джон Кеннеди и 34-летний Ричард Никсон, бывшие, как и Маккарти, ветеранами войны.

Сенатор Джозеф Маккарти

Итак, запомним: в январе 1947 года Джо Маккарти впервые занял место в Сенате. И отсчёт «эры Маккарти» и «эпохи маккартизма» также принято начинать с 1947 года. Не правда ли, странно! Не успел политик переступить порог Конгресса, а уже началась его эра. И речь идёт о политике, о котором вряд ли кто-либо слыхал за пределами штата Висконсин. Нет, однако, секрета, почему отсчёт «эры Маккарти» начинают с 1947 года.

В этом году комиссия Палаты представителей по расследованию антиамериканской деятельности занялась Голливудом. Будучи депутатом Сената, Маккарти не имел, разумеется, никакого отношения к расследованиям, которые проводили депутаты Палаты представителей. Но абсолютное большинство американцев связывают его имя с этими расследованиями. Они уверены, что голливудские сценаристы, режиссёры, актёры оказались в «чёрном списке» и потеряли работу из-за «маккартизма». И кто только не говорит об этом! Популярный телеведущий Билл О'Райли, часовую передачу которого смотрели миллионы, возмутился, когда журналистка Энн Коултер сказала ему, что Маккарти не имел никакого отношения к борьбе с коммунистами в киноиндустрии. О'Райли — историк по образованию! — оказался в плену мифа о Маккарти и маккартизме. Да ведь и борьбу с коммунистами в Голливуде начали не депутаты нижней палаты Конгресса. Её начали актёры и режиссёры Голливуда.

4 февраля 1944 года режиссёр Сэм Вуд пригласил деятелей кино на учредительную конференцию организации «Союз кинематографистов за сохранение американских идеалов» (Motion Picture Alliance for the Preservation of American Ideals). В лос-анджелесском отеле Beverly

Wilshire собралось не менее двухсот актёров, режиссёров, сценаристов, кинооператоров. Они приняли декларацию, в которой обязались защищать американские моральные ценности от коммунистов и фашистов. И они выразили озабоченность растущим в Голливуде влиянием коммунистов.

Членами созданного Вудом Союза стали, в частности, такие знаменитости, как Гэри Купер, Уолт Дисней, Кларк Гейбл, Барбара Стэнвик, Джинджер Роджерс, Джон Уэйн... В Союз вошёл Рональд Рейган... Активным членом Союза стала писательница Айн Рэнд (псевдоним Алисы Розенбаум, уехавшей из Советского Союза в 1925 году).

У членов «Союза кинематографистов за сохранение американских идеалов» были основания для беспокойства. В 1943 году Голливуд сделал два откровенно просоветских фильма «Миссия в Москву» и «Северная звезда». В 1944-м, уже после создания Союза, на экраны вышел фильм «Песня о России», прославлявший счастливую жизнь советских людей... И не перечесть картин, разоблачавших «язвы» капитализма...

Киношники-антикоммунисты били тревогу, но политики её не услышали. Точнее сказать, одни не желали слышать, а те, кто желал, были бессильны что-либо предпринять, потому что в Белом доме находился президент Рузвельт, который верил коммунисту Сталину больше, чем империалисту Черчиллю, а обе палаты Конгресса находились под контролем однопартийцев Рузвельта. В апреле 1945 года Рузвельт скончался, в ноябре 1946-го демократы потерпели поражение на выборах, и в январе 1947-го обе палаты Конгресса оказались под контролем республиканцев, которые возглавили в Конгрессе все комитеты и комиссии. В Палате представителей главой Комиссии по расследованию антиамериканской деятельности стал республиканец Джон Парнелл Томас. Членом этой комиссии стал и конгрессмен-первогодок Ричард Никсон.

Комиссия по расследованию антиамериканской деятельности была создана в 1934 году демократами, и демократы возглавляли её 13 лет — с момента создания до января 1947 года. Однако расследованием деятельности коммунистов они и не желали заниматься.

В мае 1947 года новый глава Комиссии республиканец Томас приехал в Лос-Анджелес по приглашению «Союза кинематографистов за сохранение американских идеалов». В отеле Biltmore Томас провёл первые слушания о внедрении коммунистов в Голливуд. Слушания были закрытыми, но сведения о них проникли в печать. В числе тех, кто отвечал на вопросы Томаса, был и Джек Уорнер, создавший вместе с братьями киностудию Warner Bros. Рассказы кинодеятелей убедили Томаса в необходимости провести слушания в Вашингтоне. Летом 1947 года он объявил, что 23 сентября Комиссия по расследованию антиамериканской деятельности начнёт открытые для публики слушания о «Ситуации в Голливуде».

Сенатор Джо Маккарти не имел — да и не мог иметь — какого-либо отношения к этим слушаниям. Даже если бы захотел. Он был депутатом верхней палаты Конгресса, а слушания проходили в комиссии, входящей в состав нижней палаты.

Можно с абсолютной точностью назвать дату — день, месяц и год, — когда сенатор Маккарти стал знаменитым на всю страну. Это произошло не в 1947 году, и не в 48-м, и не в 49-м. Всё это время Маккарти оставался малозаметным депутатом Сената. Общенациональная известность пришла к нему в феврале 1950 года.

В четверг 9 февраля сенатор Маккарти выступал в городе Уиллинг (Западная Виргиния) в женском клубе республиканцев. Выступление было посвящено очередной годовщине со дня рождения Авраама Линкольна. Но Маккарти говорил не столько о первом в истории президенте-республиканце, сколько о внедрении коммунистов в правительственные структуры США и об опасности, которую представляют коммунисты.

У Маккарти были основания бить тревогу. Вот лишь некоторые события, предшествовавшие его выступлению 9 февраля 1950 года:

1 октября 1949 года китайские коммунисты провозгласили создание Китайской Народной Республики, противники коммунистов во главе с Чан Кайши бежали на остров Тайвань. В печать проникли сведения, что государственный секретарь Дин Ачесон ратует за установление дипломатических отношений с коммунистическим Китаем.

7 октября того же года в Германии, в советской зоне оккупации, было создано коммунистическое государство, названное «Германская Демократическая Республика». Оно не было ни демократическим, ни республикой.

11 января 1950 года лидер республиканцев в Сенате Роберт Тафт публично заявил: «Государственным департаментом руководит группа леваков, которая хотела избавиться от Чан Кайши и отдать Китай коммунистам».

21 января бывший высокопоставленный чиновник Госдепартамента Элджер Хисс (в 1945 году он сопровождал

президента Рузвельта на Ялтинскую конференцию) был приговорён к пяти годам тюрьмы за ложь под присягой. Он лгал, что не был советским агентом. Госсекретарь Ачесон назвал осуждение Хисса «трагедией» и заявил: «Я не намерен поворачиваться спиной к Элджеру Хиссу».

4 февраля стало известно об аресте британскими спецслужбами физика Клауса Фукса. Во время войны он был участником Манхэттенского проекта, работал над созданием атомной бомбы и передавал атомные секреты Советскому Союзу.

Маккарти выступил в женском клубе республиканцев в городе Уиллинг через пять дней после ареста Фукса. Сенатор говорил о грозящей всему мире опасности коммунизма, о засилье коммунистов и их единомышленников в правительственных структурах Соединённых Штатов, в частности в Государственном департаменте.

В пятницу 10 февраля о выступлении Маккарти сообщили лишь 18 газет, а в то время в Америке выходили тысячи газет. В субботу 11 февраля информационное агентство «Ассошиэйтед Пресс» распространило сообщение, которое напечатали чуть ли не все газеты. «В Государственном департаменте — 205 коммунистов», — так называлась информация АП о выступлении Маккарти. В тот же день Госдепартамент потребовал, чтобы Маккарти назвал 205 коммунистов. Маккарти тут же ответил, что говорил о 57, а не о 205 и...

Какое всё-таки число коммунистов в Госдепартаменте назвал Маккарти в своём выступлении в Уиллинге?

Маккарти говорил, как всегда, без шпаргалки — написанного заранее текста речи. Ни один из его

275 слушателей не записывал, что говорил сенатор. Не было в женском клубе и магнитофона (портативных в то время вообще не существовало). Почти каждый пишущий о Маккарти называет число 205 и ссылается при этом на напечатанный газетой The Wheeling Intelligencer 10 февраля репортаж о выступлении сенатора. Но уже на следующий день в редакционной статье эта же газета сообщила, что Маккарти сказал о «более чем пятидесяти» («over fifty») коммунистах в Госдепартаменте. 11 февраля газета The Denver Post напечатала статью «Маккарти: 57 красных помогают формировать политику Соединённых Штатов» («57 Reds Help Shaping U. S. Policy: McCarthy»).

В «Отчётах Конгресса» («Congressional Record»), которые фиксируют официальные документы Конгресса, записано, что Маккарти говорил о 57 коммунистах в Государственном департаменте. Однако едва ли не в каждой книге о Маккарти и маккартизме называется число 205. Журналист Медфорд Стэнтон Эванс провёл титаническую исследовательскую работу, собирая материалы для книги «Очернённый историей» («Blacklisted by History»), чтобы докопаться до истины: 57, а не 205...

Уместен, конечно, вопрос: имеет ли какое-либо значение число, названное сенатором Маккарти, — 57 или 205? 1950 год — разгар холодной войны, и если в Госдепартаменте работал хотя бы один коммунист — сторонник Советского Союза, то и это было бы слишком много. Однако число 205 позволяло — и позволяет до сих пор — обвинять Маккарти в намеренном — в политических целях — преувеличении угрозы проникновения коммунистов в правительство.

Демократическая и Республиканская партии почти всегда противостоят друг другу. Так было, есть и, вероятно, будет. В XX веке согласие между двумя партиями случалось только во время мировых войн и в решениях по крупным международным вопросам.

Весь мир помнит международную политику президентов-демократов Рузвельта и Трумэна. Рузвельта знают как союзника Черчилля и Сталина в войне с нацистской Германией. Трумэна знают как президента, при котором был принят План Маршалла, создан Североатлантический оборонительный союз (НАТО), а Доктрина Трумэна гарантировала американскую помощь всем странам, которые противостоят власти коммунистов. Республиканцы поддерживали внешнеполитический курс и Рузвельта, и Трумэна. Но когда дело доходило до внутренней политики, демократы и республиканцы враждовали друг с другом. Республиканцы считали вредными реформы «Нового курса». А Франклин Делано Рузвельт и Гарри Трумэн, занявший пост президента после смерти Рузвельта, относились к противникам «Нового курса», как к личным врагам. Критику любого из своих советников и помощников республиканцами Рузвельт и Трумэн воспринимали как критику «Нового курса». Но вот каждый, кто поддерживал программы «Нового курса», мог рассчитывать на место госслужащего в администрациях Рузвельта и Трумэна. Не следует поэтому удивляться, что коммунисты просочились во многие государственные органы, в том числе и в Государственный департамент. И среди этих коммунистов были агенты советской разведки.

В 1995 году правительство США рассекретило программу контрразведки по расшифровке донесений советских агентов. Эта программа называлась «Венона» («Venona»). Она началась 1 февраля 1943 года и закрылась 1 октября 1980-го. «Венона» помогла выявить 349 американцев, которые были советскими агентами и работали в различных правительственных органах Соединённых Штатов. Большинство этих агентов были коммунистами. И «Венона» доказала — безо всяких сомнений, — что сенатор Джозеф Маккарти был абсолютно прав, утверждая, что коммунисты проникли во все органы правительства. При этом Маккарти понятия не имел о «Веноне». О её работе были осведомлены единицы. Доказательства, полученные с помощью «Веноны», не могли быть предъявлены в суде, так как проект был засекречен. По этой причине многие советские агенты не были судимы вообще, а вина других не была доказана. Руководители «Веноны» сочли необходимым не ставить в известность о проекте ни Рузвельта, ни сменившего его Трумэна. У полковника контрразведки Картера Кларка, который возглавил проект, были основания не доверять ни Рузвельту, ни Трумэну. Я приведу только один пример, доказывающий, что Рузвельт не желал даже слышать о внедрении коммунистов и советских агентов в его администрацию.

В 1938 году американский коммунист Уиттекер Чемберс решил порвать с Коммунистической партией и с работой на советскую разведку. В начале сентября 39-го года один из друзей Чемберса устроил ему встречу с глазу на глаз с Адольфом Берли, одним из ближайших советников Рузвельта, входившим в состав «мозгового треста» президента. Чемберс беседовал с Берли несколько часов в вашингтонском доме Берли. Он рассказал советнику президента о созданной коммунистами в правительстве шпионской сети и передал Берли список имён не менее двух десятков советских шпионов. В списке числились, в частности, и братья Хисс — Элджер и Дональд. Элджер передавал Чемберсу правительственные документы, которые Чемберс передавал затем советским агентам.

Берли довёл до сведения Рузвельта всё, что ему сказал Чемберс. Реакция Рузвельта? Вскоре Элджер Хисс получил повышение по службе... Чемберс поведал о своей работе в компартии и о шпионской деятельности в автобиографической книге «Свидетель» («Witness»). Книга была опубликована в 1952 году, переиздавалась с тех пор неоднократно... Рональд Рейган говорил, что книга Чемберса убедила его в необходимости сменить партию — перейти из Демократической в Республиканскую...

Ales — это было кодовое имя Элджера Хисса, раскрытое в «Веноне». Кодовое имя Koch было у Данкена Ли, который был одним из помощников Уильяма Донована, возглавлявшего Управление стратегических служб. Эта созданная в 1941 году Рузвельтом организация была предшественницей Центрального разведывательного управления. К тому времени, когда Ли стал сотрудником Управления стратегических служб, он был коммунистом с солидным стажем.

Занималась ли вновь созданная разведывательная служба проверкой людей, принимаемых на работу? Разумеется, занималась. Каждый изъявивший желание работать в Управлении стратегических служб заполнял анкету, в которой были, в частности, вопросы о принадлежности к компартии и «подрывным» организациям. Проверяли ли ответы претендентов на работу? Конечно, проверяли. Однако...

Во-первых, Ли работал в юридической фирме, одним из совладельцев которой был Донован, и уже одно это служило для Ли пропуском. Во-вторых, Донован, выпускник Колумбийского университета из престижной Лиги Плюща, считал выпускников всех университетов этой Лиги американскими патриотами. Ли учился в одном из таких университетов — Йельском... «Моя лига джентльменов», — говорил генерал Донован о своих подчинённых. По данным ФБР и Национального агентства безопасности, в этой «лиге джентльменов» работали по крайней мере двадцать два советских агента, включая Ли. Предполагают, что от пятидесяти до ста сотрудников Управления стратегических служб состояли в компартии.

Я назову лишь некоторых высокопоставленных правительственных чиновников, которые были советскими агентами, чьи имена зафиксировала «Венона»:

Гарри Декстер Уайт — помощник министра финансов в администрации Рузвельта...

Лочлин Курри — канадец, экономический советник Рузвельта во время Второй мировой войны...

Гарри Хопкинс — специальный советник Рузвельта, по поручению которого он ездил в Москву и встречался со Сталиным...

Морис Гальперин — начальник латиноамериканского отдела Управления стратегических служб...

Это лишь некоторые, самые заметные. Но были и менее известные советские агенты. Кто помнит сегодня супругов Сильвермастер — Елену и Натана? «Венона» доказала, что и она, и он были советскими шпионами. Кодовое имя Елены — Dora. У Натана было несколько кодовых имён: Pel, Pal, Paul и Robert. Интересны их биографии.

Елена Сильвермастер — урождённая Елена Витте, дочь Петра Александровича Витте, близкого родственника Сергея Юльевича Витте, председателя совета министров России во времена императора Николая II. Когда власть в России захватили большевики, Елена бежала в Китай, где вышла замуж и стала Еленой Волковой. В 1924 году Волковы переехали в Америку и поселились в Сан-Франциско. Здесь Елена разошлась с мужем и вскоре вышла замуж за Натана Сильвермастера, который родился в Одессе и после революции также оказался сначала в Китае, а затем в Соединённых Штатах. В Америке он защитил диссертацию в Университете Калифорнии в Беркли. Интересна тема его диссертации: «Ленинская экономическая теория до Октябрьской революции». Натан получил американское гражданство в 1926 году, когда уже состоял в компартии... Ко времени бракосочетания с Натаном в 1930 году Елена тоже была коммунисткой.

Во время Второй мировой войны Натан Сильвермастер работал в федеральном правительстве в Board of Economic Warfare. Этот Совет располагал данными о производстве всех видов вооружений — самолётов, танков, артиллерийских орудий, кораблей и так далее. Сильвермастер передавал информацию Елене, она отвозила её из Вашингтона в Нью-Йорк... В 1943 году власти заподозрили Натана в неподобающей деятельности. Но его выручили специальный помощник президента Рузвельта Лочлин Курри и помощник министра финансов Гарри Декстер Уайт — оба (как говорилось выше) советские агенты. Они объявили, что подозрение пало на мистера Сильвермастера только потому, что он родился России...

Стоит добавить, что советским агентом был и Анатолий Волков (сын Елены от первого брака). Какова шпионская семейка! Папа, мама и её сын... Когда в 1947 году Елену Сильвермастер допрашивали в Федеральном бюро расследований, она заявила: «Ныне считают коммунистом каждого, у кого либеральные взгляды». Иными словами, каждого, кто поддерживает рузвельтовский «Новый курс». Её муж работал в администрации Рузвельта и получал две зарплаты: одну от правительства США, вторую — от советского правительства...

Мы уже знаем реакцию Рузвельта на сообщение о том, что Элджер Хисс — советский агент... А вот реакция Трумэна на известие о том, что советским агентом является Гарри Декстер Уайт. После того как директор ФБР Эдгар Гувер поставил его в известность об этом, Трумэн назначил Уайта представителем США в Международном валютном фонде... Весной 1953 года, вскоре после вступления на пост президента, республиканец Дуйат Эйзенхауэр распорядился, чтобы министр юстиции Герберт Браунелл объявил по национальному телевидению, что Трумэн назначил советского шпиона в Международный валютный фонд, хотя знал, что Уайт — шпион...

Так ошибался ли сенатор Маккарти, утверждая, что американское правительство нашпиговано коммунистами?

Мы расстались с Маккарти 9 февраля 1950 года, когда он выступил в женском клубе республиканцев в городе Уиллинг с заявлением о засилье коммунистов в Государственном департаменте. Но в то время — после выборов 1948 года — фракция Республиканской партии была в Сенате в меньшинстве, и, следовательно, Маккарти не мог возглавить никакого комитета или подкомитета, чтобы заняться расследованиями проникновения коммунистов в правительственные структуры. Только в январе 1953 года, после победы республиканцев на выборах в ноябре 52-го, Маккарти возглавил комитет, в состав которого входил подкомитет по расследованиям. Тогда же, после выборов 1952 года, президентом стал — впервые за двадцать лет — республиканец. Это был Дуайт Эйзенхауэр.

Комитет по правительственным работам (Committee on Government Operations) — так назывался комитет, который Маккарти возглавил в январе 1953 года. Ныне такого комитета в Сенате нет... Маккарти назначил главным юристом комитета Роя Кона. Вторым юридическим лицом в комитете стал Роберт Кеннеди, который спустя восемь лет займёт пост министра юстиции. В 1953 году ему было 27 лет. В этом же году его старший брат Джон стал сенатором.

Джозефа Маккарти связывала с семьёй Кеннеди крепкая дружба. У Маккарти с Кеннеди было много общего: ирландские корни, католическая вера, неприятие коммунизма... В июле 1951 года — через семнадцать месяцев после выступления в Уиллинге — Маккарти стал крёстным отцом первого ребёнка Роберта Кеннеди — дочери Кэтлин...

Возглавив комитет, Маккарти получил возможность руководить расследованиями проникновения коммунистов в правительственные структуры. Расследовались лишь люди, жившие за счёт налогоплательщика, то есть получавшие зарплату из государственной казны. Это мог быть, например, зубной врач — если он работал на военной

базе. Это мог быть — ещё пример — артист, если он совершал зарубежные поездки за счёт Государственного
департамента... Но Маккарти никогда не вызывал на слушания кого-либо, кто не был связан с правительством.

24 мая 2000 года The New York Times напечатала
некролог, озаглавленный «Оскар Шафтел, уволенный
после отказа дать показания Маккарти, умер в возрасте
88 лет». В пространном некрологе говорилось, что покойный, будучи в начале 1950-х годов преподавателем
нью-йоркского Куинс-колледжа, был вызван (цитирую
газету) «в возглавляемый сенатором Джозефом Маккарти подкомитет по расследованию, который входил в се-
натский Комитет внутренней безопасности». Но такой
подкомитет существовал в Юридическом комитете, который возглавлял сенатор Уильям Дженнер. Да и не мог
Оскар Шафтел интересовать Маккарти, поскольку Куинс-
колледж — не государственное учреждение. Маккарти
не расследовал деятельности профессоров, если эти
профессора не работали, скажем, в Военной академии
в Уэст-Пойнт или в Военно-морской академии в Аннаполисе.

Радиостанция «Голос Америки» (Voice of America) была
первой мишенью Маккарти после того, как он возглавил
Комитет по правительственным работам. Радиостанция
подчинялась Информационному агентству США, которым управлял Государственный департамент... Затем
Маккарти распорядился проверить, какие книги реко-
мендует читателям библиотечная программа Инфор-
мационного агентства, и велел убрать с библиотечных
полок книги, написанные коммунистами и их единомышленниками...

Борьба с «Голосом Америки» и библиотеками не прибавила Маккарти популярности. Тем более что, выступая против коммунистов, Маккарти часто перебарщивал в красноречии. «Ради красного словца не пожалеет и отца», — будто бы о нём сказано. Некоторые однопартийцы Маккарти начали сторониться его.

В январе 1954 года гнев Маккарти вызвал бригадный генерал Ральф Звикер, начальник военной базы Кемп-Килмер в Нью-Джерси. Работавший на базе дантистом майор Ирвинг Пересс был членом левацкой Американской рабочей партии и, вызванный сенатором Маккарти для дачи показаний, отказался отвечать на вопросы, сославшись на Пятую поправку к Конституции. Маккарти потребовал у министра армии Роберта Стивенса судить майора Пересса военным трибуналом. Но генерал Звикер не стал ждать, что решит министр, и отправил Пересса в отставку, объявив ему благодарность. Это вывело Маккарти из себя, и он вызвал генерала «на ковёр» — давать показания.

В апреле 1954 года Армия США обвинила Маккарти и Роя в неподобающем давлении с тем, чтобы комиссовать рядового Дэвида Шайна — друга Роя и в прошлом помощника Маккарти. Начавшиеся 22 апреля 1954 года слушания в Сенате продолжались 36 дней, транслировались телевидением и привели к резкому падению популярности Маккарти. Если в январе 1954 года, согласно опросу Институтом Гэллапа, деятельность Маккарти одобряли 50 % американцев и только 29 — осуждали, то в июле его работу одобряли лишь 34 %, но осуждали уже 45...

В начале сентября 1954 года сенатор Ральф Фландерс, однопартиец Маккарти, предложил обсудить деятельность Маккарти в Сенате. Демократы тут же согласились.

2 декабря, после долгих дебатов, депутаты верхней палаты Конгресса 67 голосами против 22 осудили работу Маккарти. «За» осуждение голосовали все демократы, кроме одного. Джон Кеннеди участия в голосовании не принимал.

После публичного осуждения коллегами Маккарти откровенно сдал. Стал «бледным призраком самого себя», как сказал один из его друзей. Время от времени после запоев попадал в больницу. Его свёл в могилу цирроз печени. Скончался Джозеф Маккарти 2 мая 1957 года в 48 лет. Он был похоронен в городе Эпплтон, где родился. Среди провожавших Маккарти в последний путь был Роберт Кеннеди.

Полагаю, вы, читатель, не забыли о 98-летней пенсионерке Мириам Московиц. Кто-то забыл? Напоминаю… В декабре 2014 года Московиц добивалась в федеральном суде отмены приговора, вынесенного ей в 1950-м. Она обвинялась в сговоре с целью препятствования правосудию, присяжные признали её виновной, и судья приговорил её к двум годам тюрьмы и штрафу в 10 тысяч долларов. Московиц работала в то время в частной компании. Её босс был коммунистом, и они договорились не отвечать на вопросы, когда их вызовут в суд. В написанной Московиц автобиографии, изданной в 2010 году, она объявила, что была жертвой маккартизма… В ноябре 2014-го она заявила: «Людям надо знать историю… Знание истории заставляет людей думать».

Я последовал совету скончавшейся в 2018 году госпожи Московиц.

Рассказ о Маккарти я закончу историей, произошедшей в 1954 году — в том самом, когда Сенат осудил Маккарти.

В Кембридже, где находится Гарвардский университет, устроили слёт солидные мужчины, которые в 1936 году поступили на первый курс университета 18-летними юнцами. Один из них обратился к собравшимся: «Как нам повезло, что наш выпуск не произвёл на свет ни такого, как Джо Маккарти, и ни такого, как Элджер Хисс!» Услышав это, со своего места поднялся сенатор Джон Кеннеди: «Как вы смеете ставить на одну доску с предателем великого американского патриота?»

За десятилетия выросли горы лжи о самом сенаторе и маккартизме. Геркулесу не под силу свернуть эти горы...

Злой рок рода Кеннеди — наследственная безрассудность

22 ноября 1963 года в Далласе прозвучали выстрелы, эхо которых слышно до сих пор. В этот день через 30 минут после полудня 24-летний Ли Харви Освальд стрелял в президента Джона Кеннеди. С той поры прошло более полувека, но покушение на Кеннеди всё ещё остаётся для многих загадкой. Не менее 75 % американцев считают, что Кеннеди стал жертвой заговора. По их мнению, Освальд был лишь исполнителем. Люди не желают верить, что он был убийцей-одиночкой.

Президент был не единственным членом клана Кеннеди, скончавшимся молодым и полным сил. Он — один из многих. Вот только некоторые:

Джозеф Кеннеди, старший брат президента, погиб при взрыве самолёта.

Кэтлин Кеннеди, сестра президента, погибла в авиакатастрофе.

Сенатора Роберта Кеннеди, младшего брата президента, убил в Лос-Анджелесе после его победы в президентских праймериз араб Сирхан Сирхан.

Родители Этель Кеннеди, жены Роберта, погибли в авиакатастрофе.

Жаклин Кеннеди, жена президента, родила сына Патрика, скончавшегося через два дня.

Сенатор Эдвард Кеннеди чудом уцелел в авиакатастрофе, в которой погибли его помощник и пилот.

Дэвид Кеннеди, сын Роберта и Этель, умер от передозировки наркотиков.

Майкл Кеннеди, сын Роберта и Этель, погиб, спускаясь на лыжах с горы.

Джон Кеннеди-младший, сын президента, погиб вместе с женой и её сестрой в авиакатастрофе.

К этому далеко не полному списку жертв из клана Кеннеди добавим любовницу Джона и Роберта киноактрису Мэрилин Монро, которая покончила жизнь самоубийством, и Мэри Джон Копекне, бывшую секретаршу Роберта, которая утонула в машине сенатора Эдварда Кеннеди, отвозившего её в гостиницу после вечеринки.

Как объяснить безвременные кончины представителей клана Кеннеди и людей, так или иначе связанных с этим кланом?

Эдвард Клайн рассказал в книге «Проклятие рода Кеннеди» («The Kennedy Curse») историю, известную, как он утверждает, «в широких еврейских кругах». Замечу, что Клайн не принадлежит к кругу авторов жёлтой журналистики. Он — лауреат Пулитцеровской премии, в прошлом главный редактор журналов Newsweek и The New York Times magazine. История такова.

В 1940 году Джозеф Кеннеди, отец будущего президента, был отозван из Лондона, где занимал пост посла

Соединённых Штатов. Он возвращался в Америку на океанском лайнере. Среди пассажиров были любавический раввин Исраэл Джейкобсон и шестеро студентов ешивы. Время от времени они молились на палубе. Кеннеди, зоологический антисемит (чем совсем не грешили его дети), постоянно говорил капитану, что молящиеся евреи раздражают пассажиров первого класса. В день Рош-Ашана, еврейского Нового года, Джозеф Кеннеди потребовал, чтобы капитан запретил раввину и его ученикам молиться на палубе. И тогда раввин проклял Джозефа Кеннеди и всех мужчин его рода.

Действительно ли от проклятия раввина Джейкобсона погибали члены клана Кеннеди? С трудом верится. Да к тому же в числе безвременно ушедших оказались не только мужчины. Причину следует искать в другом — в характере Джозефа Кеннеди и его жены Роуз, и в том, как они, прежде всего отец, воспитывали детей. Их было девять: четверо сыновей и пять дочерей. А эти воспитывали своих детей, сохраняя традиции родителей.

Роуз Кеннеди воспитанием детей почти не занималась. Биографы Джона Кеннеди цитируют президента: «Мать была либо в каком-то парижском модном салоне, либо стояла на коленях в какой-нибудь церкви. Её никогда не было рядом, когда мы действительно нуждались в ней… Мать никогда — никогда, никогда! — не обнимала меня».

Воспитанием детей занимался отец. По меткому выражению Рональда Кесслера, биографа Кеннеди-старшего, он «руководил семьёй, как футбольной командой… Был тренером, менеджером и рефери… Цель была одна — победа любой ценой…»

«Кеннеди не плачут», — наставлял отец детей.

Отец готовил из детей бойцов, которые никогда не жалуются, ни перед чем не отступают, презирают опасность, плюют на мнение окружающих. Сыновей он учил относиться к женщинам, как к существам, предназначенным для удовлетворения их похоти. А мать, религиозная фанатичка, прощала мужу бесчисленные связи на стороне, а от детей — прежде всего от дочерей — требовала строгого следования заповедям католической веры.

Младшие Кеннеди росли достойными своих родителей детьми, и их преждевременная гибель была следствием не проклятия, а воспитания.

12 августа 1944 года, когда 29-летний лейтенант военно-морской авиации Джозеф Патрик Кеннеди, старший сын Джозефа и Роуз, шёл к своему бомбардировщику, один из провожавших его офицеров спросил как бы в шутку: «Жизнь застраховал?» — «В нашей семье в страховке не нуждаются», — улыбнулся в ответ Кеннеди, и это были последние слова, сказанные им на земле. Кеннеди и второй пилот Уилфорд Джон Уилли погибли. Самолёт взорвался через 28 минут после взлёта.

Джозеф Кеннеди-младший остался бы, вероятно, жив и стал бы, как планировал отец, сначала губернатором Массачусетса, а затем первым из клана Кеннеди президентом США, если бы...

Если бы годом ранее, в августе 1943 года, не отличился его брат — лейтенант военно-морского флота Джон Кеннеди. Японский эсминец протаранил его катер. Кеннеди чудом выжил и спас одного из членов команды. Он был награждён орденом. О его подвиге рассказали журналы Reader's Digest и The New Yorker. Он оказался первым героем в семье, и это ударило по самолюбию старшего брата.

Потому что он, Джозеф Патрик Кеннеди, привык всегда быть первым. Он первым окончил Гарвардский университет и знаменитую Школу экономики в Лондоне. Он был делегатом на съезде Демократической партии в 1940 году. Отец готовил его в президенты США. И вдруг младший брат Джон стал героем и орденоносцем, а он — нет.

3 сентября 1943 года в своём массачусетском поместье на Кейп-Коде семья отмечала 55-летие отца Джозефа Кеннеди-старшего. Но главным героем торжества был Джон — второй сын именинника. Джозеф, старший сын, лётчик, готовившийся отправиться в Англию, оказался на втором плане. В этот день старший сын долго не мог заснуть и рыдал, уткнувшись в подушку. Ему было невыносимо ощущать себя вторым. Он отправился в Англию с целью стать первым.

Американским лётчикам следовало сделать 35 боевых вылетов, после чего они имели право вернуться домой. По свидетельству очевидцев, Кеннеди совершал последние — перед возможным возвращением — вылеты чрезвычайно рискованно: бомбил, нарушая инструкции, — спускался недопустимо близко к цели.

35 боевых вылетов были выполнены, но Джозеф решил остаться в Англии. Он написал родителям: «Через три недели я займусь чем-то совершенно другим. Это — тайна... Но это не опасно, и поэтому не волнуйтесь!..» Отец отвечает: «Не испытывай судьбу, Джо! Возвращайся домой!»

Но Джозеф-младший был сыном своего отца. Второе место его не устраивало.

Кеннеди записался добровольцем для участия в операции «Афродита». На борту самолёта-самоубийцы находилось взрывное устройство страшной разрушительной силы. Приближаясь к цели, лётчикам следовало включить автопилот и затем катапультироваться.

Кеннеди и Уилли были первым экипажем, которому предстояло испытать устройство. Инженер-электрик Эрл Олсен считал, что полёт следует отложить до усовершенствования взрывного устройства. Кеннеди не хотел никаких отсрочек. Он считал, что

Джозеф Кеннеди-младший,
старший брат президента

риск оправдан. Его ждал орден в любом случае — выживет или погибнет. Он погиб.

«Отец всегда говорил нам, что второе место не очень хорошее», — сказала Эдварду Клейну Юнис Кеннеди-Шрайвер, одна из дочерей Джозефа и Роуз. Этот постулат усвоили все их дети, в том числе и сестра Юнис — Кэтлин Агнес Кеннеди, или Кик, как называли её в семье. Кик была любимой дочерью родителей и любимой сестрой Джозефа-младшего и Джона. И она, как и её брат-лётчик, погибла в результате полного пренебрежения к мнению других людей.

Кэтлин овдовела в 24 года. Её муж, лорд Хартингтон, лейтенант британской армии, погиб на фронте 10 сентября 1944 года — через четыре месяца после свадьбы.

Чтобы выйти замуж, католичке Кэтлин пришлось преодолеть религиозный барьер, поскольку её суженый был протестантом. Против брака были и мать, и отец. Мать руководствовалась исключительно религиозными соображениями. Отца волновала не столько религия, сколько политика. Старшему брату Джозефу требовались на будущих выборах голоса католиков. Он мог их потерять, если сестра выйдет замуж за протестанта. Родители Билла Хартингтона также были не в восторге от выбора сына, но их возражения против брака не шли ни в какое сравнение с упорством родителей Кэтлин.

Но ничто и никогда не могло помешать Кэтлин добиться своего. Так её воспитал отец. Она сочеталась с Биллом гражданским браком. Спустя четыре месяца после замужества овдовела.

Роуз считала, что Господь покарал её старшего сына и мужа её дочери за то, что дочь изменила католицизму. Смерть Билла позволила Кэтлин вернуться в лоно католической церкви. Однако судьбе было угодно, чтобы вскоре перед ней вновь возник религиозный барьер.

В июне 1946 года на одном из светских раутов в Лондоне Кэтлин познакомилась с красавцем Питером Фитцуильямом, грудь которого украшали многочисленные военные награды. 37-летний герой войны был женат, но ни для кого не было секретом, что он живёт врозь с женой-алкоголичкой.

Кэтлин не скрывала от подруг, что Питер — первый мужчина, которого она полюбила по-настоящему. Фитцуильям не скрывал, что любит Кэтлин, и сказал ей, что они поженятся, как только он разведётся. Но, в отличие от покойного лорда Хартингтона, протестант Фитцуильям поставил условие католичке Кеннеди: никаких гражданских браков! Брак должен быть церковным.

Роуз с трудом смирилась с браком дочери с протестантом Хартингтоном, но теперь любимая дочь выбрала не только протестанта, но ещё и женатого. «Нет!» — заявила мать, взяв с мужа слово, что он в случае неповиновения прекратит всякую финансовую помощь дочери. Роуз, вероятно, забыла, что её дочь воспитана так, чтобы сметать любые препятствия на пути к цели.

На 13 и 14 мая — шёл 1948 год — Кэтлин и Питер наметили двухдневный отдых на Лазурном берегу во Франции. Рано утром 13 мая они заняли места в салоне небольшого самолёта, за штурвалом которого сидел бывший офицер Королевских Военно-воздушных сил Питер Таунсхенд. Они приземлились в Париже для дозаправки. Пока бак самолёта наполнялся, Фитцуильям поговорил по телефону со своим французским другом, и тот пригласил его с невестой на ланч.

«У нас совсем немного времени, — предупредил пилот пассажиров. — Надвигается грозовой фронт. Нам следует проскочить на юг вовремя».

Кэтлин Кеннеди, сестра президента

Влюблённые сказали, что скоро будут, но вернулись через три часа с лишним. «Мы не полетим. Опасно!» — встретил их пилот. К этому времени были отменены рейсы всех пассажирских самолётов, которые должны были лететь к побережью Средиземного моря. Однако Кэтлин Кеннеди и её возлюбленный не относились к типу людей, которые избегают опасности. Они принялись уговаривать Таунсхенда, не забывая упомянуть, как он геройски сражался с немцами. Самолёт поднялся из аэропорта Ле-Бурже в 3 часа 30 минут дня.

Джозеф Кеннеди был единственным представителем семьи в Лондоне на панихиде Кэтлин в католической церкви. Бывший посол США в Британии стоял в окружении министров британского правительства и друзей своей дочери и Фитцуильяма. Гроб утопал в цветах. К одному венку было прикреплено послание, написанное рукой человека, самого ненавистного для бывшего американского посла — Уинстона Черчилля.

Джон Кеннеди посетил Лондон тем же летом. Он встретился с бывшей служанкой погибшей любимой сестры. Выслушав её рассказ о последних днях Кэтлин, будущий президент сказал ледяным тоном: «Мы больше никогда не будем о ней говорить».

Когда спустя 12 лет Джон Кеннеди победил на президентских выборах, в официальных бумагах Белого дома Кэтлин упоминалась только как «сестра, погибшая в авиакатастрофе».

Давайте ещё немного отложим рассказ о том, как и почему погиб президент Кеннеди. Перепрыгнем через годы и вспомним, как умер его сын Джон Кеннеди-младший. Это произошло 16 июля 1999 года.

15 июля, за день до смерти, 38-летний Джон побывал на приёме у ортопеда, который снял гипс с его левой лодыжки. Шестью неделями ранее сын президента сломал ногу и с тех пор ходил на костылях. Хирург посоветовал ему быть острожным. «В течение десяти дней вам летать нельзя», — сказал врач.

Мать Джона, Жаклин Кеннеди-Онассис, всегда была категорически против того, чтобы сын управлял самолётом. «Откажись от этой затеи! В нашей семье было слишком много смертей», — говорила она сыну. В конце 1994 года, после смерти матери, Джон записался в лётную школу.

Кеннеди заплатил 300 тысяч долларов за самолёт «Пайпер-Саратога», управление которым требовало большого опыта. Такого опыта у него не было. Он налетал только 37 часов с инструктором. Этого было недостаточно, чтобы пилот мог застраховаться, не говоря уже о пассажирах. Об этом вряд ли знали жена Джона Кэролин и её сестра Лорен.

К этому времени Джон и Кэролин уже жили врозь, собирались разводиться. О примирении речь не заходила. Однако Лорен решила предпринять последнюю

Джон Кеннеди-младший,
сын президента

попытку помирить сестру с Джоном. 15 июля, когда с ноги Джона сняли гипс, она уговорила Кэролин сопровождать Джона на семейное торжество в поместье Кеннеди на Кейп-Коде. Кэролин, давшая однажды слово никогда не летать на самолёте, которым управляет Джон, заявила, что не полетит. «Я буду с вами, у меня на Кейп-Коде друзья. Туда и обратно с вами!» — настаивала Лорен.

Джон не забыл, конечно, что врач запретил ему летать, и он к тому же ещё ни разу не летал без инструктора. Но представитель клана Кеннеди не мог сказать об этом женщинам. Как бы он выглядел в их глазах, если бы отказался лететь, сославшись на запрет врача и отсутствие опыта?!

Все трое договорились встретиться утром 16 июля в аэропорту.

«Я не верю в проклятия и в любые другие формы предопределения судьбы», — писал политический обозреватель The New York Times Уильям Сэфайр в связи с гибелью Джона Кеннеди-младшего. Многие не верят.

Однако многие греки считают, что Жаклин Кеннеди навлекла гибель на Аристотеля Онассиса и его сына Александра. Когда вдова Кеннеди встретилась с греческим олигархом, его корабельная империя процветала. Но вскоре после женитьбы Онассиса на Жаклин Кеннеди империя стала разваливаться, его сын Александр погиб в авиакатастрофе, а вслед за ним умер и отец. Дочь Онассиса, Кристина, всегда утверждала, что Жаклин Кеннеди накликала беду на отца и брата.

Однако если род Кеннеди действительно проклят, то раввин Исраэл Джейкобсон вряд ли имеет к этому отношение. Он, как мы знаем, проклял Джозефа Кеннеди-старшего в 1940 году, но злой рок начал косить клан Кеннеди гораздо раньше.

Патрик Кеннеди, один из родоначальников, умер в 1858 году в Америке вскоре после эмиграции из Ирландии. Тогда ему было 25 лет, и причиной его смерти явился тяжёлый алкоголизм. Патрик скончался 22 ноября — ровно за 105 лет до того дня, когда Ли Харви Освальд убил президента Джона Фитцджеральда Кеннеди.

Вернёмся к пятнице 22 ноября 1963 года.

Подготовкой поездки Джона Кеннеди в Техас руководил Кеннет О'Доннел, один из ближайших советников президента. Много лет спустя Хелен, дочь О'Доннела, сказала: «Отец всегда чувствовал громадную вину за то, что произошло в Далласе. Он считал, что следовало предвидеть такой поворот событий».

В среду, 20 ноября, накануне вылета Кеннеди в Техас, О'Доннел сказал президенту — своему боссу и другу: «Секретная служба не хочет, чтобы вы ехали в машине с открытым верхом». Кеннеди ответил на это: «Если погода ясная и не будет дождя, крышу следует опустить... Я хочу, чтобы техасские девочки увидели, как прекрасна девочка Джеки...» Так Джон называл свою жену Жаклин...

Кеннеди, как и многие его предшественники и преемники, считал, что агенты Секретной службы слишком перестраховываются, но Кеннеди чаще, чем другие, пренебрегал их требованиями. Что же касается самих агентов, то они не находили аргументов, ибо превратились из телохранителей главы государства в свидетелей, а порой и в соучастников его попоек и оргий.

Эдвард Клейн, автор книги «Проклятие рода Кеннеди», пишет, что в Белом доме царила «атмосфера вечеринок».

Президент Джон Кеннеди

Та же атмосфера сопутствовала Кеннеди, когда он выезжал за пределы Вашингтона. Могли ли агенты Секретной службы требовать чего-либо от босса, вместе с которым развлекались?

Накануне рокового дня, глядя из окна отеля на платформу, с которой он должен был обратиться к толпе, Кеннеди сказал жене: «Посмотри-ка на эту платформу! Секретная служба не смогла бы помешать никому, кто хотел бы достать меня!» Спустя несколько часов президента «достал» Ли Харви Освальд.

22 ноября Кеннеди и его жена ехали в президентском лимузине по маршруту, о котором ранее сообщили далласские газеты и телестанции. Место рядом с водителем занимал губернатор Техаса Джон Коннэли. Президентская чета сидела сзади: Жаклин — за водителем, Джон — за губернатором... В 12 часов 30 минут, когда лимузин только-только проехал мимо семиэтажного здания книжного склада и двигался по Элм-стрит, раздались три выстрела. Две пули попали в президента. Одна рана была смертельной. Кеннеди скончался в час дня в госпитале, куда его привезли.

Джон Кеннеди остался бы, конечно, жив, если бы ехал с Джеки в закрытой машине. Но в этом случае «техасские девочки» не увидели бы, какая у него красавица-жена, и кто-то мог бы подумать, что президент чего-то боится.

Возможно, остался бы жив и Роберт Кеннеди, если бы внял совету телохранителя, бывшего агента ФБР Билла Берри. 5 июня 1968 года сенатор Кеннеди выступал перед своими сторонниками в лос-анджелесском отеле «Амбассадор». В этот день он одержал победу в калифорнийских праймериз в борьбе за номинацию кандидатом Демократической партии

Сенатор Роберт Кеннеди

в президенты. Победа превратила сенатора в кандидата в президенты, и заполнившая танцевальный зал отеля толпа приветствовала его как будущего президента. Кеннеди ждала встреча с журналистами, и он решил сократить путь из танцевального зала в пресс-центр, пройти через кухню отеля. «Это опасно. Там толпа. Придётся продираться», — сказал телохранитель Берри. Кеннеди отмахнулся: ничего не случится… Случилось. Стоявший в толпе поваров, официантов, посудомоек, уборщиков палестинец Сирхан Сирхан выстрелил. Ныне 75-летний убийца продолжает отбывать пожизненное заключение.

Почему Максим Горький не взлюбил Нью-Йорк

Газета The Wall Street Journal попросила профессора Городского университета Нью-Йорка историка Майка Уоллеса назвать пять самых лучших, по его мнению, книг и очерков о Нью-Йорке первых лет XX века. Уоллес — соавтор книги об истории Нью-Йорка со дня основания до 1898 года, которая принесла ему Пулитцеровскую премию, — назвал в числе пяти лучших очерк Максима Горького «Город жёлтого дьявола». Мнение Уоллеса было опубликовано в уикендовском номере газеты (4–5 ноября 2017), предшествовавшем столетию большевистского переворота, а Горький был глашатаем большевиков. Выбор Уоллеса подтолкнул меня к рассказу о пребывании «буревестника революции» в Нью-Йорке.

В мои школьные годы очерк Горького «Город жёлтого дьявола» входил в программу обязательного чтения, и его помнят, полагаю, многие бывшие ученики советских школ. Но кто-то, наверное, забыл. Из программы постсоветской российской школы очерк Горького изъят. Поэтому, прежде чем рассказывать об американском визите Горького, следует напомнить о его небольшом — всего 3402 слова — сочинении.

Сказать, что автор пышет ненавистью к Нью-Йорку, значит ничего не сказать.

«Над океаном и землёю висел туман, густо смешанный с дымом, мелкий дождь лениво падал на тёмные здания города и мутную воду рейда».

Это первые слова очерка, и каждому должно быть понятно, что его ждёт на берегу.

«На берегу стоят двадцатиэтажные дома, безмолвные и тёмные "скребницы неба". Квадратные, лишённые желания быть красивыми, тупые, тяжёлые здания поднимаются вверх угрюмо и скучно. В каждом доме чувствуется надменная кичливость своею высотой, своим уродством. В окнах нет цветов и не видно детей...»

«Вокруг кипит, как суп на плите, лихорадочная жизнь, бегут, вертятся, исчезают в этом кипении, точно крупинки в бульоне, как щепки в море, маленькие люди. Город ревёт и глотает их одного за другим ненасытной пастью...»

«Внизу, под железной сетью "воздушной дороги", в пыли и грязи мостовых, безмолвно возятся дети...»

«Старик, длинный и худой, с хищным лицом, без шляпы на седой голове, прищурив красные веки больных глаз, осторожно роется в куче мусора...»

«Юноша у фонаря время от времени встряхивает головой, крепко стиснув голодные зубы...»

«В мутном небе, покрытом копотью, гаснет день. Огромные дома становятся ещё мрачнее, тяжелее...»

«Всё больше и больше вспыхивает жёлтых огней — целые стены сверкают пламенными словами о пиве, о виски, о мыле, новой бритве, шляпах, сигарах, о театрах...»

«Со стен домов, с вывесок, из окон ресторанов — льётся ослепляющий свет расплавленного Золота...»

«Это скверное волшебство усыпляет их души, оно делает людей гибкими орудиями в руке Жёлтого Дьявола, рудой, из которой он неустанно плавит Золото, свою плоть и кровь...»

«Город засыпает в духоте, он ворчит, как огромное животное. Оно слишком много пожрало за день разной пищи, ему жарко, неловко и снятся дурные, тяжёлые сны...»

И, наконец, последние слова:

«Уснул и сонно бредит мрачный город Жёлтого Дьявола».

Не правда ли, безрадостная картина? В таком городе не только жить не хочется, видеть его не хочется.

Горький приплыл в Нью-Йорк 10 апреля 1906 года, увидел и...

«Я чувствую себя как дома, — сказал он 11 апреля на приёме, устроенном в его честь. — Я не пробыл здесь и одного часа, но уже почувствовал, что это крупнейший город и Соединённые Штаты — величайшая страна на земле...»

«Леонид, это место, где ты обязательно должен побывать, — пишет Горький в тот же день своему другу. — Это удивительнейшая фантазия из камня, стекла и железа... Все эти Берлины, Парижи и другие "большие" города — пустяки в сравнении с Нью-Йорком. Социализм должен быть сначала реализован здесь — это первое, о чём думаешь, когда видишь поразительные дома, машины и прочее».

И всё, что видит Горький, приводит его в неописуемый восторг. «Великолепно! Великолепно! Не уеду до тех пор, пока не узнаю, как удалось соорудить такую махину!» — рукоплещет он построенному годом ранее небоскрёбу, в котором разместилась штаб-квартира газеты The New York Times.

«Это как мой родной Нижний Новгород, и это Волга. Я в самом деле здесь как дома!» — восхищается Горький 12 апреля, глядя на Нью-Йорк и реку Гудзон из окна шикарного трёхкомнатного номера роскошного отеля Belleclaire, построенного тремя годами ранее для богатых гостей на углу 77-й стрит и Бродвея. Здесь он стоит и сегодня.

Согласитесь, трудно поверить, что это говорил человек, написавший «Город жёлтого дьявола». Будто бы писал кто-то другой.

Но почему восторг сменился отвращением, полным отрицанием, безграничным неприятием? Что-то должно ведь было случиться, чтобы злоба застлала глаза. И что-то действительно случилось...

Итак, 10 апреля 1906 года Максим Горький, уже знаменитый в Америке писатель, и вместе с ним знаменитая в России актриса Мария Андреева сошли с трапа океанского лайнера «Кайзер Вильгельм дер Гроссе» на американскую землю — в Хобокене. Их встречали тысячи, в том числе множество иммигрантов из России. Среди встречавших не затерялся преуспевающий застройщик миллионер Гэйлорд Уилшир. Он издавал в Лос-Анджелесе журнал социалистов The Challenge, редактировал другой журнал социалистов The Syndicalist и несколько раз баллотировался на всевозможные посты как кандидат Социалистической партии. Сегодня Уилшир забыт, но память о нём хранит названный его именем бульвар в Лос-Анджелесе. Именно Уилшир финансировал приезд «буревестника», был, как сказали бы сегодня, его спонсором. Он снял для гостя и мадам Горький (под таким именем была записана Андреева) номер в роскошном отеле на девятом этаже. И Уилшир разрекламировал визит Горького по-американски: писателя ждали как в кругах литераторов, так и в кругах социалистов.

Приехал же Горький в Америку не по литературным делам. Приехал он за… жёлтым дьяволом — долларами. Главной — и едва ли не единственной — целью его визита был сбор денег в кассу большевиков. Поездку Горького одобрил лично Ленин. «Буревестник» надеялся на миллионы. Уилшир не сомневался, что гость уедет из Америки с миллионами.

11 апреля в честь Горького был устроен приём, организованный Иваном Народны — американским представителем организации «Русские военные революционеры». Он выступал первым. Затем гостя приветствовал Марк Твен. Главным же оратором был писатель-социалист Роберт Хантер. Хантер зачитал декларацию об организации всеамериканского движения в поддержку свободной России — сбора денег, чтобы вооружить русских революционеров. Движение возглавил комитет, в который вошёл, в частности, и Марк Твен. На вопрос журналистов, почему Америка должна помогать русскому народу в революционном движении, Марк Твен ответил: «Когда у нашей Революции были родовые муки, мы приняли помощь Франции, и мы всегда благодарны ей. Теперь наш черёд платить, оказать помощь угнетённому народу в его борьбе за свободу. Мы должны либо сделать это, либо признать, что наша благодарность Франции — всего лишь красивые слова…»

Днём 12 апреля Горький и Андреева совершали экскурсии по городу, а вечером социалисты устроили в честь писателя приём в ресторане Aldine. Горького всюду сопровождали репортёры. Леваки всех мастей — социалисты, анархисты, нигилисты — ходили за ним табунами, приветствовали, пожимали руки, подсовывали какие-то воззвания с просьбой подписать, и он с удовольствием выполнял просьбы... Нью-Йорк расстилался перед ним.

Издатель газеты The New York American Уильям Рэндольф Херст объявил сбор денег для гостя из России (читай: большевистской партии) и печатал его творения на первой полосе. Газета Херста анонсировала, что президент Теодор Рузвельт примет Горького в Белом доме.

А 14 апреля грянула буря.

Газета The New York World, которую издавал Джозеф Пулитцер, конкурент Херста, оповестила читателей, что (цитирую) «так называемая мадам Горький вовсе не мадам Горький, а русская актриса Андреева, с которой он живёт несколько лет после того, как расстался с женой». Газета напечатала фотографию Горького с женой и их двумя детьми, а также фотографию Андреевой. Эта информация привела в ярость менеджера отеля Belleclaire Милтона Робли. Когда Уилшир снимал номер для гостей из России, он записал их как мужа и жену.

«Мой отель — семейный отель!» — сказал журналистам Робли, объясняя, почему здесь не место Горькому и его спутнице.

Репортёры атаковали вопросами Робли в то время, когда Горький и Андреева совершали очередную поездку по Нью-Йорку, не ведая, что их ждёт. Уилшир решил опередить события. Он поднялся на девятый этаж и ждал, когда его гости вернутся... «Грязный скандал», — такой была первая реакция Горького...

В вестибюле отеля собрались репортёры, уже знавшие, что русских гостей выселяют. «Публикация такого пасквиля — это позор американской прессы, — заявил Горький. — Я поражён, что в стране, известной своей любовью к справедливости и почтению к женщинам, могла появиться такая клевета...»

Канадская журналистка Това Йедлин писала в опубликованной в 1999 году книге «Максим Горький: политическая биография» («Maxim Gorky: A Political Biography»), что выселенные из отеля «оказались в середине ночи на улице с вещами, разбросанными на тротуаре под дождём». На самом деле ничего подобного не случилось. Уилшир продолжал о них заботиться. Сначала он предложил Горькому и Андреевой свой дом на западе 93-й стрит. Они отказались, и из отеля Belleclaire переехали в отель Lafayette-Brevort на углу Пятой авеню и 8-й стрит, но и здесь не задержались, уехали по собственной инициативе и расположились в просторной квартире неподалёку от этого отеля — в доме 12 по Пятой авеню.

Марк Твен отказался комментировать случившееся. Писатель-социалист Лерой Скотт, аплодировавший Горькому 11 апреля на приёме в честь гостя, сказал журналистам: «Мне неприятно говорить на эту тему»... Роберт Хантер попросил, чтобы ему не задавали никаких вопросов... Гэйлорд Уилшир был немногословен: «Тот факт, что не было официального бракосочетания, не может затмить репутацию [Горького] как писателя или революционера», — процитировала 15 апреля Уилшира The New York Times.

Большинство тех, кто встречал Горького на ура, постарались как можно скорее забыть о нём. Но отношение к Горькому изменилось не только из-за брачных и внебрачных дел. Подписывая не глядя всё, что подсовывали доброжелатели, он подписал воззвание в защиту двух профсоюзников, обвиняемых в убийстве бывшего губернатора Айовы Фрэнка Стюненберга. Газеты опубликовали подписанное Горьким приветствие «братьям-социалистам», и это приветствие — в совокупности с «двоежёнством» — означало провал миссии с целью сбора денег в фонд большевистской партии. Вместо запланированных миллионов удалось собрать жалкие 10 тысяч.

Скандалы скандалами, а Горький не торопился уезжать из Америки. Он и Андреева отплыли из Нью-Йорка в Европу только через шесть месяцев. Всё это время об их житьё-бытьё беспокоились богатые социалисты, и о них не забывала левая молодёжь. Молодые люди ломились на встречи с Горьким и Андреевой в Нью-Йорке, Бостоне, Филадельфии. Восторженную встречу устроили Андреевой в женском Бернард-колледже. В июне Горького и Андрееву пригласила в своё имение на севере штата Нью-Йорк в горах Адирондака Престония Мартин,

Максим Горький и Мария Андреева
готовы отплыть из Нью-Йорка

американка с русскими корнями. Здесь гости из России были освобождены от всяких забот.

Любопытна реакция Андреевой на внимание и помощь со стороны социалистов: «Слово "социалист" перестало быть в Америке патентом на порядочность. Здесь процветает такой социализм, который у нас в России показался бы просто жульничеством», — писала она в Россию... Говорила ли это Андреева госпоже Мартин и её мужу?

...Конец американским «мучениям» Горького и Андреевой пришёл 13 октября. В этот день они отплыли из Нью-Йорка в Европу.

Советские и американские университеты лётчика Виктора Беленко

В понедельник 6 сентября 1976 года старший лейтенант Виктор Беленко поднялся рано утром в истребителе-перехватчике МиГ-25 с военного аэродрома и менее чем через час приземлился в Японии на острове Хоккайдо в гражданском аэропорту. Вскоре о бегстве Беленко из Советского Союза знал весь мир.

Я узнал об этом из «Программы для полуночников» радиостанции «Голос Америки». Едва передача закончилась, мне позвонил приятель, который находился, как и я, «в подаче», то есть подал заявление на отъезд из Советского Союза. Он надеялся, как и я, что не станет «отказником», то есть ему не откажут в просьбе. «Беленко ни у кого разрешения не спрашивал, — сказал он. — Нам тоже надо было учиться на лётчиков».

О Беленко оповестило ТАСС. Сначала оно объявило, что лётчик был вынужден приземлиться в Японии из-за неполадок в самолёте и японцы держат его насильно. Затем сообщило, что Беленко насильно вывезен в Соединённые Штаты. Советское министерство иностранных дел устроило в Москве «пресс-конференцию» жены и матери Беленко. Приглашённым советским и иностранным журналистам его жена Людмила сказала, что никогда не поверит, что её Виктор добровольно улетел на Запад. Мать со слезами на глазах уверяла, что никто не может знать сына лучше, чем мать, и она знает, что её сын патриот.

Журналистам не позволили задавать вопросы, и организаторы «пресс-конференции» не сказали им, что мать не видела сына с тех пор, как ему было два года. И журналисты не знали, что задолго до того, как Виктор совершил полёт в Японию, жена объявила ему о разводе и о том, что родители будут рады принять её с сыном... Я узнал об этом спустя четыре года, когда прочёл в Америке книгу «Пилот МиГа», написанную Джоном Барроном. Книга отвечает на многие вопросы, связанные с решением Беленко навсегда покинуть Советский Союз...

Советский режим обычно замалчивал «исчезновение» своих граждан. Никогда не устраивались «пресс-конференции» с их родственниками. А на Западе оставались дипломаты, артисты балета, писатели, шахматисты, учёные, инженеры. За два года до перелёта Беленко остался Михаил Барышников, но ни министерство иностранных дел, ни министерство культуры не представило в Москве журналистам родственников беглеца. И не было встреч журналистов с женой и сыном гроссмейстера Виктора Корчного, который остался на За-

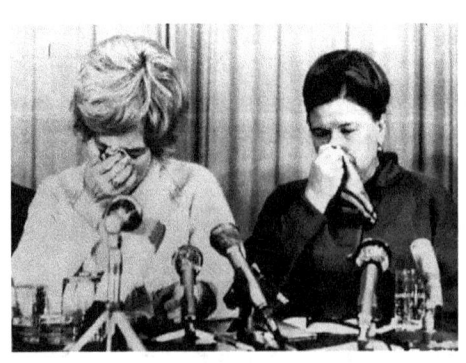

Крокодиловы слёзы жены и матери Беленко на пресс-конференции в Москве. Фото ТАСС

паде в том же году, что и Беленко. Но вот встречу с женой и матерью Беленко советский МИД устроил. В чём дело?

Напрашивается ответ: лётчик, сидевший за штурвалом сверхсекретного самолёта, более важен режиму, чем «прогнившие интеллигенты» Барышников и Корчной. Такой ответ содержит только долю истины. Власть знала биографию Беленко, и она была уверена, что человек с такой, как у Беленко, биографией просто-напросто не мог — абсолютно не мог — бежать из Советского Союза.

Вырос в рабочей семье, отличник в школе, рабочий-передовик на танковом заводе, отличник боевой и политической подготовки в высшем военном авиационном училище, уважаемый коммунист в авиаполку в Приморском крае.

И чтобы такой человек бежал на Запад?!

Следовало предпринять всё возможное, чтобы вернуть его.

«Пресс-конференция» жены и матери была устроена после того, как Беленко объявил советскому «дипломату» в Японии, что его никто не похищал и что он не вернётся в Советский Союз. Ещё одна встреча Беленко с советским «дипломатом» была в Вашингтоне. «Я прилетел в Японию добровольно», — сказал ему Беленко. Предпринял попытку заполучить Беленко и находившийся в Америке глава советского МИДа Громыко...

Случай Беленко в самом деле уникальный, и не только потому, что он действительно был до мозга костей советским человеком: не слушал «вражеских голосов», не читал Солженицына и другой запрещённой литературы, ничего не знал о диссидентах. А о Соединённых Штатах и вообще о Западе он знал лишь то, что внушала советская пропаганда. Искренне верил, что Америкой правят «тёмные силы» (это его слова), которые эксплуатируют трудовой народ и служат интересам капиталистов. Он не сомневался, что Америка готовится воевать с его страной. Но этот стопроцентно советский человек постепенно пришёл к выводу, что страна, которой правят «тёмные силы», никак не может быть хуже той, что пропитана от «а» до «я» алкоголем и ложью, то есть страны, в которой он живёт. Решение бежать созревало долго, на протяжении многих лет. Журналист Джон Баррон — автор книги «Пилот МиГа» — отвечает на многие вопросы, связанные с решением Беленко покинуть Советский Союз.

Виктор родился в 1947 году в Нальчике. Ему было два года, когда отец разошёлся с матерью и отправил его к своей матери и сестре. Бабушка и тётка жили на Донбассе, обитали в крохотной комнатёнке, работали с утра до вечера. Виктору исполнилось семь, когда отец дал о себе знать и попросил отправить сына ему. Бабушка и тётя посадили Виктора в поезд, и он поехал в Сибирь, в город Рубцовск. Встретив сына, отец, рабочий тракторного завода, тут же отвёз его к другу в колхоз, потому что жил в общежитии, ещё не получил обещанной начальством комнаты. Отцовский друг ютился вместе с женой и четырьмя детьми в однокомнатной избе. Жили они ещё беднее, чем бабушка и тётя Виктора. Через год отцу выдали комнату в коммунальной квартире, и он воссоединился с сыном. Ещё через три года отец женился на вдове с двумя детьми и переехал с сыном к ней. В школе Виктор пристрастился к чтению, летом играл в футбол, зимой — в хоккей. Ему было 10 лет, когда произошло событие, которое позволяет понять, что у него уже в этом возрасте был твёрдый характер.

В феврале 1958 года после хоккейной игры к Виктору подошли четыре парня — старше и сильнее его. Они потребовали деньги. Он сказал «нет», был избит и остался без денег — нескольких копеек. На следующий день он попросил в школьной библиотеке книги о боксе и физической подготовке. Читая, выяснил, что для укрепления мышц только упражнений недостаточно, нужен ещё и протеин (белки). Он спросил у мачехи, возможно ли добавить в ежедневный рацион мясо или рыбу, или яйца, или сыр. «Всё это слишком дорого», — отрезала она.

Виктор решил добывать протеин самостоятельно. С наступлением летних каникул он начал жить в лесу на берегу реки. Ловил птиц, удил рыбу, потом пошла ягода. В течение лета он окреп и прибавил в весе. В декабре он был готов к свиданию с избившими его. Первого он встретил неподалёку от хоккейной площадки. Вскоре настиг второго. Его бой с третьим на глазах нескольких десятков мальчишек убедил всех: с Виктором Беленко лучше не ссориться...

И ещё один эпизод. Виктор был круглым отличником в выпускном классе. В Москве на выставке достижений школьников демонстрировался сконструированный им радиоуправляемый трактор. Он получил бы золотую медаль, если бы не конфликт с учительницей литературы. На одном из уроков она сказала, что свет — это материя. «Никакая не материя», — заявил Виктор. Учительница настаивала, и тогда Виктор на глазах у всех учеников открыл учебник физики. После урока учительница потребовала, чтобы он извинился перед ней при всём классе.

Он отказался и… получил четвёрку, а не пятёрку в аттестате зрелости.

После школы Беленко поехал в Омск, где жил дальний родственник отца. Серебряная медаль позволяла ему поступить в институт без вступительных экзаменов, но требовались деньги на жизнь, и он пошёл работать. Сначала это был гараж в аэропорту, затем танковый завод. И всюду — где бы он ни работал — царило беспробудное пьянство и ложь. Отдушиной для Виктора стало небо.

Беленко мечтал о полётах с тех пор, как прочитал в школе повесть Сент-Экзюпери «Ночной полёт». В лётной омской школе ДОСААФ мечта стала осуществляться. Он учился летать в свободные от работы дни и часы, а в 1967 году поступил в Высшее военное авиационное училище в Армавире. Через четыре года закончил училище на отлично и сам стал учителем — лётчиком-инструктором в Ставропольском высшем военном авиационном училище. В армии он столкнулся с тем же, что было и на гражданке — с повальным пьянством и ложью. Однажды стал соучастником мелкого преступления. Из-за непогоды был отменён учебный полёт. Непосредственный начальник Виктора сказал: «Напишем: полёт состоялся». Но как быть с топливом? Баки-то остались заправленными. Последовал приказ: «Слить в землю!»

Четыре года работы в училище убедили летчика-инструктора Беленко, что следует служить на военной базе, где, как он предполагал, таких безобразий, как в училище, быть просто-напросто не может. Он подал соответствующий рапорт начальнику училища. Генерал принял лейтенанта и сказал, что он останется в училище, поскольку лётчиков много, а вот инструкторов для их обучения не хватает. Лейтенант пытался возразить генералу. «Разговор окончен!» — сказал генерал. «Нет, не окончен!» — не согласился лейтенант и принялся докладывать генералу, что происходит в вверенном ему учебном заведении. Выслушав, генерал вызвал врача и приказал проверить, в своём ли уме лейтенант.

«Ты либо безумец, либо чертовски смел», — сказал Виктору врач после того, как мучил его несколько часов всевозможными вопросами, выясняя, в порядке ли его голова.

Столкновение с генералом помогло Беленко получить назначение в лётную часть. Он также пришёл к выводу: если его, лётчика, могут упрятать в психбольницу, значит туда могут посадить любого человека.

Лётный полк Беленко находился в нескольких километрах от посёлка Чугуевка, районного центра. По воскресеньям сюда приезжали офицеры из близлежащих воинских частей. Приезжали за спиртом. Спирт доставляли неизвестные лица с военно-воздушной базы, на которой были громадные запасы спирта, необходимого для тормозной и электронной систем самолёта МиГ-25. Эти самолёты называли в Чугуевке «летающими гастрономами». Пили, разумеется, и на военно-воздушной базе.

Удостоверение лейтенанта Виктора Беленко и самолет МиГ-25

Солдаты срочной службы обитали в казармах, рассчитанных на 40 человек каждая, но в них теснилось от 180 до 200. В каждой казарме было два рукомойника-умывальника. Туалеты — сортиры — находились на улице. Когда старший лейтенант Беленко был дежурным по части, ему приходилось бывать в казармах. От антисанитарии становилось дурно.

Беленко, его жене Людмиле и сыну предоставили комнату в двухкомнатной квартире; во второй жил другой офицер с женой и двумя детьми. Семье Беленко повезло. Обычно в двухкомнатную квартиру помещали три-четыре семьи. Людмила не переставала жаловаться. Избалованная родителями, которые ни в чём не отказывали единственной дочери, она выражала недовольство жизнью офицерской жены, когда муж ещё работал инструктором в училище. Но тогда она могла по воскресеньям ездить в город Сальск, что в Ростовской области. Конечно, и Сальск был дырой, но по сравнению с Чугуевкой — почти столицей.

В офицерский клуб приезжали время от времени лекторы. Они рассказывали, что американские империалисты готовятся к войне. Беленко привык к подобным лекциям, поскольку они преследовали его повсюду, начиная с Армавирского училища. Один лектор поведал, что в Америке отправили в тюрьму коммунистку Анджелу Дэвис, и Беленко понял, что в Америке не запрещена Коммунистическая партия. Лектор говорил, что Дэвис была уволена из университета, и Беленко пришёл к выводу: «Значит, в Америке коммунистам разрешают преподавать в университете...» Другой лектор сообщил, что президента Никсона обвинили во лжи и вынудили уйти в отставку. Беленко недоумевал: «Президент — ставленник большого капитала, разве можно его наказывать?» Да и разве начальникам запрещено лгать? Они все лгут и остаются на своих местах...

Учёба Беленко в советских «университетах» подходила к концу. Он всё острее сознавал: жить в Советском Союзе становится невозможно. Куда податься? Такого вопроса не было. Он знал, конечно, что Америкой правят «тёмные силы». Но он также знал, что Америка доставила человека на Луну и что американские боевые самолёты ни в чём не уступают советским.

В понедельник 6 сентября 1976 года старший лейтенант Виктор Иванович Беленко покинул Советский Союз, чтобы жить в Америке. В этот день американцы отмечали День Труда. Беленко этого не знал, он ещё много чего не знал об Америке. Советские «университеты» остались позади. Впереди были американские...

7 сентября пресс-секретарь Белого дома Рон Нессен объявил: «Если Беленко попросит политического убежища, мы с радостью примем его». В этот же день правительство Японии уведомило посольство США в Токио, что «лётчик изъявил желание жить в Америке». В этот же день с Беленко встретился хорошо говоривший по-русски сотрудник ЦРУ, назвавшийся Джимом. А 11 сентября в токийском аэропорту Беленко и Джим подъехали на машине прямо к Боингу-747 и поднялись в салон. Они заняли места в общем классе, а когда самолёт поднялся в воздух, Джим поздравил Беленко: «Вы на пути к цели».

«В то время у меня не было ясного представления об американском обществе. Когда я попал в Соединённые Штаты, я вёл себя, как пришелец из космоса», — вспоминал Беленко через двадцать лет.

Этому не следует удивляться. Советская пропаганда была единственным для Беленко источником сведений о Соединённых Штатах. Поэтому-то с первого дня, точнее, с первого же часа пребывания в Америке он с недоверием относился чуть ли не ко всему, что видел собственными глазами или слышал от находившихся с ним постоянно агентов ЦРУ, каждый из которых свободно говорил по-русски.

Летевший из Токио «Боинг» приземлился в аэропорту Лос-Анджелеса. Десятки журналистов надеялись увидеть Беленко. Их надежды оказались напрасными. Неподалёку от «Боинга» Джима и Беленко поджидала машина, и вскоре они уже были на частном аэродроме, где их ждал небольшой самолёт. Как только самолёт поднялся в воздух, были поданы сэндвичи, и сопровождавшие Беленко церэушники начали что-то обсуждать. Все они были подтянуты, хорошо одеты, выглядели друзьями. Невозможно было распознать среди них начальника. Беленко не сомневался, что таких людей подобрали специально, чтобы произвести на него впечатление.

В вашингтонской аэропорт имени Даллеса самолёт прилетел рано утром. Шёл проливной дождь. Ещё не рассвело. Усталого Беленко привезли в освещённый дом, отвели в приготовленную ему комнату, и вскоре он спал как убитый. Проснулся, когда было уже светло. Дверь приоткрыл негр. «Что делает здесь чёрный?» — такой была первая реакция Беленко, который относился, как и все советские люди, с предубеждением к неграм, хотя, как и все советские, никогда не видел их. Негр улыбался, сказал что-то по-английски и передал Беленко написанную по-русски записку: «Завтрак приготовят, когда вы будете готовы». На кресле рядом с кроватью были футболка, шорты, носки...

После завтрака Джим познакомил его с Питером, крупным мужчиной в годах, отлично говорившим по-русски. «Он будет с тобой всё время», — сказал Джим. Питер начал знакомство с анекдота. Студент-армянин спросил профессора: «Можно ли построить коммунизм в Армении?» — «Конечно, — отвечал профессор. — Только пусть сначала построят в Грузии»... После завтрака Беленко и Питер сели в машину и поехали на запад в горную Виргинию, где Беленко предстояло прожить несколько недель, отвечая на тысячи вопросов о самолёте МиГ-25. С ними был и Ник, ещё один американец, говоривший по-русски, совсем как русский.

Дорога была узкой, машина не мчалась, и Беленко невольно сравнивал то, что видел, с посёлком Чугуевка, неподалёку от которого находился «его» военный аэродром. Ничто не напоминало здесь Чугуевку. Чистенькие дома, подстриженные газоны. Но больше всего поражало отсутствие дощатых уборных рядом с домами. «А где нужники?» — спросил Виктор, и Питер с Ником покатились со смеху. Перестав смеяться, Питер поведал Беленко о септике и автоматической подаче воды: «Водопровод и туалет есть во всех домах». «Неужели во всех?» — не поверил Беленко. «Наверное, есть дома без этого, но где, я не знаю», — сказал Питер.

Машина запарковалась у торгового центра в небольшом виргинском городе. Следовало купить Виктору костюм, и Питер направился с ним в магазин одежды. По дороге к этому магазину находился супермаркет. Увидев витрины, Беленко выразил желание посмотреть, что внутри. Вот что он рассказывал двадцать лет спустя:

«Моё первое посещение супермаркета происходило под присмотром людей из ЦРУ, и я думал, что это была инсценировка. Я не верил, что магазин может быть настоящим. Мне казалось, что раз я необычный гость, они могли меня разыграть... Это было красивое просторное место с непостижимым количеством товаров и без очередей. В России все привыкли к длинным очередям. Впоследствии я понял, что супермаркет был настоящий...»

Американцы с трудом увели Беленко из супермаркета, но на пути к магазину одежды оказался магазин, в витринах которого красовались телевизоры, и Беленко направился к двери. Несколько цветных телевизоров были настроены на разные каналы, качество изображения было превосходным. Беленко знал, что цветные телевизоры доступны только богатым людям, и решил не спрашивать, кто покупает такие телевизоры.

Магазин одежды тоже не мог не вызвать подозрения Беленко. Там оказалось несколько десятков разных костюмов его размера. Вне всякого сомнения, продавца оповестили, что он приедет. Правда, после примерки выяснилось, что следует кое-что ушить. «Потребуется полчаса», — сказал продавец. Чтобы не терять времени, Питер решил заправить машину, и они поехали на бензозаправочную станцию. И вот здесь-то Беленко окончательно решил, что стал участником заранее спланированного спектакля.

В прошлой жизни Беленко усвоил, что в очереди за бензином следует стоять несколько часов. Он также знал, что за рулём сидят только мужчины. Но на этой удивительной бензозаправочной станции, во-первых, не было никаких очередей, и парнишка обслуживал три машины одновременно. Во-вторых, за рулём каждой из них была женщина!

«Поздравляю! Спектакль, который вы мне показали, превосходный!» — сказал Виктор американцам, когда они отъехали от торгового центра.

«О чём вы говорите?» — спросил Питер.

«Я говорю о месте, где мы только что были. Оно напоминает показательные колхозы, куда возят иностранцев».

Ник расхохотался, а Питер даже не улыбнулся. «Виктор, я даю тебе слово, что ты видел самый обычный торговый центр. Таких в Америке тысячи... Многие гораздо больше и привлекательнее».

«Зачем спорить? — подумал Виктор, — Питер — хороший актёр и исправно исполняет порученную ему роль...»

Через несколько недель Беленко спросил у Питера, есть ли возможность побывать на военно-воздушной базе. Он не сомневался, что ему откажут. Однако Питер обещал устроить такой визит и выполнил обещание.

На базу с истребителями-«фантомами» Беленко и Ник летели на вертолёте с военно-воздушной базы «Эндрюс», что поблизости от Вашингтона.

Виктор Беленко

205

На «Эндрюс» Беленко встречал улыбающийся генерал, и Виктор снова решил, что его разыгрывают. Генерал был чернокожим, а Беленко не сомневался, что негр не может быть генералом.

На базе ВВС Беленко не переставал удивляться всему, что видел: офицерский клуб и клуб для солдат, столовые, танцевальный зал, бассейны, теннисные корты, театр…

«А могу ли я посмотреть, как живёт сержант?» — спросил Беленко у полковника-начальника базы, которого всюду сопровождал сержант. «Пожалуйста», — сказал полковник и направился вместе с Беленко, его переводчиком и сержантом к своей машине, и… вот уже этого-то Беленко никак не мог представить: полковник сел за руль, а сержант занял место пассажира…

Сержант жил в двухэтажном доме. «У всех такой?» — спросил Беленко полковника. «Зависит от размера семьи». У дома стоял автомобиль. «Чей?» — поинтересовался Беленко. «Мой», — ответил сержант. Беленко своим ушам не поверил: машина сержанта была больше полковничьей… Как такое возможно?!

Ещё в большее недоумение привёл Беленко бар, куда его привели Питер и Ник, откликнувшись на просьбу «побывать в дешёвом месте для настоящих рабочих». Найти такое место оказалось нетрудно, и как-то вечером они пришли в бар в виргинском городе Фолс-Чёрч, что по соседству с Вашингтоном. Был понедельник, и посетители смотрели телерепортаж матча по американскому футболу. Еда была вкусной, пиво превосходным, цена оказалась почти копеечная. И Виктора поразило: нет пьяных. «Грустно признать, но алкоголизм — серьёзная проблема в Соединённых Штатах. В стране от девяти до десяти миллионов алкоголиков», — сказал ему Питер. «Кого вы считаете алкоголиком?» — спросил Беленко. «Каждого, кто испытывает постоянную потребность в алкоголе и чья жизнь нарушена из-за алкоголя». «Это значит, что в Советском Союзе три четверти мужчин — алкоголики».

Урок на всю американскую жизнь Беленко получил, когда готовился к экзамену на автомобильные права. Он спросил Питера, не может ли тот помочь ему купить права. «У нас нет возможности сделать это. Мы можем выдать тебе документы с другим именем, но не водительское удостоверение», — сказал Питер.

Беленко легко справился с письменным заданием, но требовался навык вождения, чтобы получить права. Питер выступал в роли учителя, показывал, как следует парковать машину, требовал, чтобы он сигнализировал при поворотах и при смене ряда. Но однажды во время езды по хайвею Питер, сидя справа от Беленко, о чём-то задумался, и ученик превысил допустимую скорость. Полицейская сирена не заставила себя ждать. «Сбавь скорость, — приказал Питер, — съезжай на обочину и опусти окно! Как только подойдёт полицейский, дай ему документ и ни о чём не спрашивай! Он выпишет тебе штраф, и ты ему скажешь: "Thank you, officer!"»

Беленко не беспокоился. Он знал, как нужно вести себя с «гаишниками», и был готов продемонстрировать это Питеру. «Сын, — обратился к Беленко полицейский, — знаешь ли ты, что ехал со скоростью восемьдесят пять миль в час?» Беленко расплылся в улыбке и протянул полицейскому две двадцатидолларовые купюры. «Нет, нет! — закричал Питер по-русски. — Немедленно убери деньги!» Затем он обратился на английском к полицейскому: «Я представитель Центрального разведывательного управления. Могу ли я поговорить с вами в частном порядке?» Выйдя из машины, он объяснил полицейскому, кто его ученик. Через пару минут полицейский подошёл к окну водителя: «Я хотел бы пожать вашу руку», — сказал он.

«Виктор, больше никогда не делай подобного. Взятка полицейскому или любому другому официальному лицу — это преступление... Я не всегда буду рядом с тобой», — говорил, придя в себя, Питер.

Беленко открывал Америку не месяц и не два. Потребовалось несколько лет, чтобы он полностью избавился от советского представления о стране, где правят «тёмные силы». Он постигал Америку в кабине дантиста, лечиться у которого наотрез отказывался, помня о мучениях в кабинетах советских зубных врачей. Он постигал Америку, выбрав для своей первой работы ферму, поскольку знал, что в Советском Союзе хуже колхоза может быть только концлагерь. Он постигал Америку в колледже для ускоренного изучения английского...

У Беленко была возможность неплохо жить, никогда не работая. ЦРУ создало для него специальный фонд, позволяющий вообще не думать о заработке, а ловить рыбу, охотиться, ездить по стране... Но так жить он не хотел, поэтому работал — и на себя, как частный предприниматель, и на правительство, если требовались его знания и опыт.

В Советском Союзе Беленко приговорили заочно к смертной казни, распространили слухи о его гибели в автомобильной катастрофе. В 2000 году во время авиашоу в штате Висконсин с ним беседовали американские журналисты, и он рассказал о своей встрече с российским космонавтом Игорем Волком. «Ты вроде бы умер?» — сказал ему Волк. «Как видишь, нет! КГБ пустил слух о моей смерти, чтобы отбить охоту у других».

После развала «империи зла» Беленко побывал в связи со своим бизнесом в России, правда, инкогнито.

В феврале 2021 года американскому пенсионеру Виктору Ивановичу Беленко исполнилось 74 года.

Мать-дорога

Тысячи легковых автомобилей и грузовиков, мчащихся по федеральному шоссе № 40 из Калифорнии через Аризону и дальше на восток, пролетают городок Кингмен, не задерживаясь. Останавливаются лишь те, кому следует поесть и заправить машину. После короткой остановки они вновь въезжают на 40-е шоссе и мчатся дальше — ехать здесь разрешается со скоростью 75 миль в час, но редко кто едет медленнее 80. Лишь единицы из сотен и тысяч сворачивают в Кингмене с этого шоссе и едут через горную пустыню не по скоростному хайвею, а по дороге со встречным движением. Мы с женой оказались в числе единиц.

Мы не могли отказать себе в удовольствии проехать трассой 66 — дорогой, которая несколько десятилетий назад была главной автострадой страны — связывала Запад и Восток — и временами была забита машинами, как забиты в наши дни нью-йоркские и лос-анджелесские дороги в утренние и вечерние часы пик. В 30-е годы, когда Великая Депрессия сняла с насиженных мест десятки тысяч семей, многие из них устремились в поисках работы в Калифорнию по трассе 66. Они, писал Джон Стейнбек в романе «Гроздья гнева», «вливались в 66 из просёлков, из проложенных телегами дорог, из разбитых дождями одноколеек. 66 — мать-дорога».

В то далёкое уже время страну не пересекали скоростные автострады, по которым можно промчаться, не встретив на пути ни одного светофора, от Бостона до Сиэтла (№ 90), от Нью-Йорка до Сан-Франциско (№ 80), от Уилмингтона, штат Северная Каролина, до Барстоу, штат Калифорния (№ 40), от Джэксонвилла до Лос-Анджелеса (№ 10). В 30-е годы таких автострад в Америке не существовало. Их не существовало и в более поздние годы. Мы так привыкли к этим дорогам, что кажется странным, что эти хайвеи — почти наши современники. Их начали строить только после того, как в 1956 году контролируемый демократами Конгресс принял под нажимом президента-республиканца Дуайта Эйзенхауэра Закон о межштатной системе хайвеев. Годом ранее Сенат принял предложение президента, но Палата представителей отвергла его. Однако Эйзенхауэр сумел убедить законодателей, что современные автострады, пересекающие страну с востока на запад и с севера на юг, совершенно необходимы — и для экономики, и для обороны.

Во Второй мировой войне генерал Эйзенхауэр командовал войсками западных союзников в Европе и не скрывал, что находился под впечатлением немецких автобанов. Но президент Эйзенхауэр понимал: европейские расстояния не сравнимы с американскими. Намеченная в 1956 году программа строительства скоростных автострад была осуществлена лишь в конце 80-х годов. Аризонский участок шоссе № 40, отправивший на пенсию трассу 66, вошёл в строй только в 1984 году. Но пенсия не означала забытья. Как раз наоборот.

Сегодня в стране нет более популярной дороги, более почитаемой, более знаменитой, чем трасса 66. О её истории рассказывают музеи. Тысячи и тысячи проезжают ежегодно по отдельным её участкам. Выходит в свет журнал «Трасса 66». В 60-е годы ей был посвящён пользовавшийся бешенным успехом телесериал. Заглянув в Интернет, я обнаружил 9255 сайтов, так или иначе связанных с трассой 66. И до сих пор американцы распевают песню о трассе 66, написанную много-много лет назад Бобби Троупом. До того, как эта песня стала шлягером, дорогу 66 величали «хайвеем», с тех пор её называют «трассой».

Как гласит легенда, летом 1946 года Бобби Троуп ехал на машине с женой Синтией в Лос-Анджелес. Перед выездом из Сент-Луиса они стали размышлять, какой дорогой

ехать дальше, и выбрали 66. «Поймаем кайф на трассе 66», — предложила Синтия. «Да это же прекрасное название песни!» — воскликнул Троуп, который ещё в 30-е годы писал песни для оркестра Томми Дорси. Когда Бобби и Синтия добрались до Лос-Анджелеса, песня была готова, и её первым исполнителем стал Нэт Кинг Коул. А вскоре вся страна пела:

Если вы соберётесь на Запад махнуть,
Выбирайте, как и я, самый лучший путь.
Ловите кайф на трассе 66!
Она промчит вас ветра быстрей
От Чикаго до самого Эл-Эй.
Весь путь — больше двух тысяч миль —
Легко одолеет автомобиль.
Ловите кайф на трассе 66!
Вы промчитесь сквозь Сент-Луис и Джоплин, Миссури;
И Оклахома-Сити чрезвычайно хорош;
Вы увидите Амарилло; Галлап, Нью-Мексико;
Флагстафф, Аризона; не пропустите Винону,
Кингмен, Барстоу, Сан-Бернардино.
И в Штат Золотой вы прибудете прежде,
Чем зад отсидите и смежите вежды.
Ловите кайф на трассе 66![1]

Эту песню исполняли Бинг Кросби и Пол Анка, Чак Берри и Сэмми Дэвис, сёстры Эндрюс и «Роллинг-Стоунз»... «Я создал песню о хайвее, а не о легенде», — говорил Бобби Троуп. В действительности, писал журналист

---

[1] Вольный перевод Людмилы Шаковой.

Спенсер Крамп, один из авторов книг о трассе 66, Троуп был в числе тех, кто сделал трассу 66 легендарной.

* * *

Отцом трассы 66 признано считать Сайруса Стивенса Эйвери. В 1924 году министерство сельского хозяйства пригласило 53-летнего Эйвери, занимавшего должность председателя комиссии по дорогам штата Оклахома, войти в состав специальной федеральной комиссии, которой следовало рассмотреть вопрос о единой национальной системе дорог.

В то время каждый штат занимался своими дорогами, и штатам-соседям часто не было никакого дела друг до друга. Неразбериха была полной. Одна и та же дорога могла иметь другой номер или другое название — стоило ей пересечь границу штата. Тремя годами ранее, в 1921-м, Конгресс принял закон о развитии межштатной системы дорог. По этому закону штаты получали деньги из федеральной казны, если строили дорогу как федеральную, а не штатную. Но порядок — единая система — по-прежнему отсутствовал. Поэтому и создали специальную федеральную комиссию. Многими плодами её работы страна пользуется до сих пор.

В частности, комиссия решила, что межштатные — федеральные — дороги должны быть цифровыми. Никаких имён. Только цифры. Комиссия решила также, что дороги, идущие в широтном направлении (восток — запад), должны иметь чётные номера, а идущие в меридиональном направлении (север — юг) — нечётные. А главные широтные шоссе должны иметь на конце «0»:

10, 20, 30, 40 и т. д. В состав комиссии входили представители от каждого штата, и чем дольше они работали, тем ожесточённее становилась борьба между представителями штатов за право иметь на своей территории дорогу № 60.

Эйвери, возглавлявший комиссию, полагал, что дорога с таким номером должна идти из Чикаго на юго-запад до Оклахомы, а затем на запад — через Техас, Нью-Мексико, Аризону и Калифорнию до Санта-Моники на побережье Тихого океана. Из Чикаго — потому что этот город достаточно хорошо был связан с Атлантическим побережьем. А по южным штатам — чтобы дорога избежала снежных заносов зимой. Но представители многих других штатов требовали, чтобы 60-я не миновала и их. Эйвери и его сторонники стали раздумывать, какой же номер присвоить дороге, выбранной ими, и Эйвери предложил: 66. Руководствовался ли он номером из карточной игры? Или это был намёк на «число дьявола» — 666? В любом случае, номер 66 не мог не привлечь внимания.

23 июля 1926 года Эйвери получил письмо от министра по делам внутренних ресурсов Губерта Уорка, который согласился с маршрутом, предложенным комиссией, и номером, данном дороге. 11 ноября того же года было принято решение о превращении дороги — трассы — 66 в общенациональную, хотя в ней и отсутствовал необходимый ноль. Её практически не следовало строить. Она представляла собой соединение уже построенных дорог. Дорог с самым разным покрытием: гравий, камень, кирпич и очень редко асфальт. Только спустя десять лет 66-я на всём своём 2448-мильном протяжении была покрыта

асфальтом. К этому времени дорогу уже называли Главной улицей Америки, и это не было преувеличением.

Дорога 66 должна была проходить через города. Её не пускали в обход (или «над»), как повелось с середины 50-х после принятого при Эйзенхауэре закона. 66-я часто представляла собой главную улицу в городе. В Кингмене она и по сей день остаётся главной улицей. Правда, на одном участке горожане назвали её по имени своего знаменитого земляка Энди Девайна, киноактёра и радиошоумена, который снялся, в частности, в 1939 году в знаменитом голливудском вестерне «Дилижанс» (в советском прокате — «Путешествие будет опасным»). Девайн исполнил роль кучера дилижанса, который подвергся нападению апачей. Главную роль — ковбоя Ринго Кида — исполняет Джон Уэйн.

Итак, 66-я шла через города, и вдоль неё по всему пути росли, как грибы после дождя, заправочные станции и мотели. Правда, первый в стране мотель появился, как считают, в калифорнийском городе Бейкерсфилд, лежащим в стороне от Главной улицы Америки, но уже второй, третий и десятки последующих построили рядом с ней.

Ко времени рождения трассы 66 в Америке было продано почти 15 миллионов автомобилей. Абсолютное большинство автомобилистов управляли фордовской машиной «Модель-Т», купить которую могла каждая семья с одним работающим. В 1928 году Форд выпустил на рынок «Модель-А», которая также была по карману любому работяге. В конце 20-х годов один автомобиль приходился в среднем на одну семью. Но американцы редко путешествовали за пределы своего штата. Маршруты были обычно короткими — вблизи тех мест, где жил водитель. Поездки на большие расстояния были связаны с риском — главным образом из-за ужасных дорог. Легенды ходили о вермонтском враче Нельсоне Джексоне, который в 1903 году на пари в 50 долларов пересёк в автомобиле континент — из Сан-Франциско в Нью-Йорк. Он отправился в путь 23 мая и завершил маршрут 26 июля. Продолжительность пути свидетельствует как о надёжности машины, так и о качестве дорог. Машины за двадцать лет стали надёжнее, дорог стало больше, но лучше они не стали. До создания общенациональной дороги 66 американцы предпочитали пересекать страну на поездах. 66-я начала менять сложившуюся практику.

* * *

За годы, прошедшие со времени введения в строй в Аризоне федерального хайвея № 40, трасса 66 практически не изменилась. Изменилась обстановка вдоль дороги. На 87-мильном пути от Кингмена до Селигмена, где 66-я вновь пересекается с 40-м шоссе, есть всего две бензоколонки и лишь один мотель. Пустовали все тридцать с чем-то номеров мотеля. «Откуда?» — спросила хозяйка, поднявшая глаза от книжки. «Из Нью-Йорка», — ответил я. Её лицо изобразило изумление, будто бы я сказал, что с Луны. Мотель построили в одной миле от знаменитых карстовых пещер, находящихся на глубине ста метров. В пещеры проведено, разумеется, электричество, можно опуститься в лифте вместе с экскурсоводом. Но экскурсантов нет. Они проносятся в двух десятках миль к югу — по 40-й.

Ещё более убогий вид являет собой деревушка Пич-Спрингс — центр резервации индейцев хавасупаи. В ней и задерживаться не хочется. Дорожный знак требует сбавить скорость, чтобы кого-нибудь не сбить. Однако пешеходов вокруг не видать. А других деревушек, показанных на карте, не существует. Где-то остались брошенные дома — следы недавнего людского обитания. Где-то и следов не найти.

Здесь всё было иначе — пока не претворились в жизнь пожелания президента Эйзенхауэра. Ещё в середине 80-х годов 66-я жила полнокровной жизнью. Теперь эти места привлекают лишь дикой красотой: красные горы, раскалённые солнцем, и пронзительно синее безоблачное небо, какое увидишь разве что на картине художника. Гонишь по асфальту, и кажется, что жизнь остановилась. На мили и мили кругом никого. Невольно думаешь, как по этой дороге катили на запад в середине 30-х годов канзасцы, оклахомцы, техасцы, бежавшие в Калифорнию от безработицы и пыльных бурь.

Сегодня мать-дорога — это история. История XX столетия.

Библиография

Akin, Edward N. *Flagler: Rockefeller Partner and Florida Baron.* — University Press of Florida, 1991.

Barron, John. *MiG Pilot: The Final Escape of Lieutenant Belenko.* — New York: McGraw-Hill Book Company, 1908.

Berlin, Ira. *Slaves Without Masters: The Tree Negro in the Antebellum South.* — New York; Random House, 1974.

Ceplair, Larry; Englund, Steven. *The Inquisition in Hollywood Politics in the Film Community, 1930–1960.* — University of California Press, 1983.

Chambers, Whittaker. *Witness.* — Chicago: Regnery Books, 1985.

Chapman, C. Stuart. *Shelby Foote: A Writer's Life.* — Oxford, MS. University Press of Mississippi, 2003.

Chernow, Ron. *Titan: The Life of John D. Rockefeller, Sr.* — New York: Random House, 1998.

Evans, Eli N. *Judah P. Benjamin; The Jewish Confederate.* — New York. The Tree Press, 1988.

Evans, M. Stanton. *Blacklisted by History: The Untold Story of Senator Joe McCarthy and His Fight Against America's Enemies.* — New York: Crown Forum, 2007.

Franklin, John Franklin. *The Two Words of Race: A Historical Perspective.* — Daedalus Academic Journal, MIT Press, Winter 2011.

Gorky and Twain Plead for Revolution. Committee Formed to Raise Funds for Russian Freedom // The New York Times. April 12, 1906.

Grooms, Robert M. *Dixie's Censored Subject. Black Slave Owners.* — Washington, D. C. The Barnes Review. 1997.

Feldberg, Michael. *Sir Moses Jacob Ezekiel: The Jew Who Sculpted Confederate Monuments* // Ariels Journal. February 20, 2019.

Fisher, Harold. *Famine in Soviet Russia 1919–1923: The Operation of the American Relief Administration.* — Ayer Co Pub, 1971.

Hecht, Ben. *Perfidy.* Jerusalem, Israel: Gefen Publishing House, 1999.

Herman, Victor. *Coming Out of the Ice.* Oklahoma City: Freedom Press Ltd., 1979.

Hicks, Brian and Kropf, Schuyler, Raising the Hunley: The Remarkable History and Recovery of the Lost Confederate Submarine. — New York: Presidio Press, 2002.

Hinckley, Jim; James, Kerrick. *Ghost Towns of Route 66; The Forgotten Places Along America's Famous Highway.* — Beverly, MA: Voyageur Press, 2020.

Hinshaw, David. *Herbert Hoover: American Quaker.* — New York: Farrar, Straus and Company, 1950.

Hoffman, Adina. *Ben Hecht: Fighting Words, Moving Pictures.* — New Haven — London: Yale University Press, 2019.

Horwitz, Tony. *Confederates in the Attic: Dispatches from the Unfinished Civil War.* — New York: Pantheon Books, 1998.

Johnson, Michael P. & Roark, James L. *Black Masters. A Free Family of Color in the Old South.* — New York, London: W. W. Norton & Company, 1984.

Jordan, Ervin L. *Black Confederates and Afro-Yankees in Civil War Virginia.* — Charlottesville and London. University Press of Virginia, 1995.

Kaplan, Fred. *John Quincy Adams: American Visionary.* — New York: Harper Collins, 2014.

Kelly, Joseph. *Marooned: Jamestown, Shipwreck, and a New History of America's Origin.* — New York: Bloomsbury Publishing, 2018.

Kelly, Susan Croce. *Father of Route 66: The Story of Cy Avery.* — Norman, Oklahoma: University Oklahoma press, 2014.

Klein, E. *The Kennedy Curse: Why America's First Family Has Been Haunted by Tragedy 150 years.* — New York: St. Martin's Press, 2003.

Levin, Mark R. *Unfreedom of the Press.* — New York: Threshold Edition, 2019.

Meade, Robert Douthat. *Judah P. Benjamin: Confederate Statesman.* — Baton Rouge. Louisiana State University Press, 2001.

Morgan, Edmund S. *American Slavery, American Freedom: The Ordeal of Colonial Virginia.* — New York: W. W. Norton&Company, 1975.

Nash, Peter Adam. *The Life and Times of Moses Jacob Ezeliel: American Sculptor, Arcadian Knight.* — Fairleigh Dickinson University Press, 2014.

Poole, Ernest. *Maxim Gorki in New York* // The Slavonic and East European Review. American Series Vol. 3, #1 (May, 1944). Cambridge University Press.

Pressly Thomas J. *«The Known World» of Free Black Slaveholder: A Research Note on the Scholarship of Carter G. Woodson* // The Journal of African American History. Vol. 91, No. 1. The University of Chicago Press, 2006.

Romerstein, Herbert; Breindel, Eric. *The Venona Secrets: Exposing Soviet Espionage and America's Traitors.* — Washington; Regnery Publishing, 2000.

Rosen, Robert N., *The Jewish Confederates*. — Columbia, South Carolina. University of South Carolina Press, 2000.

Sgovio, Thomas. *Dear America! The Odyssey of an American Communist Youth Who Miraculously Survived the Harsh Labor Camps of Kolyma*. — Kenmore, NY: Partners' Press, 1979.

Sorokin, Pitirim A., *Russia and The United States*. — New York: E. P. Dutton and Company, 1944.

Sandburg, Carl. *Abraham Lincoln: The Prairie Years and the War Years* (volume 3 of three volumes). — New York: Dell Publishing Co., 1954.

Standiford, Les. *Last Train to Paradise: Henry Flagler and the Spectacular Rise and Fall of the Railroad That Crossed an Ocean*. — New York: Crown Publishers, 2002.

Taylor, S. J. *Stalin's Apologist: Walter Duranty The New York Times's Man in Moscow*. New York — Oxford: Oxford University Press, 1990.

The 1619 Project // The New York Times Magazine. August 18, 2019.

Tzouliadis, Tim. *The Forsaken: An American Tragedy in Stalin's Russia*. — New York: The Penguin Press, 2008.

Wilson, Calvin Dill. *Black Masters. A Side-light on Slavery*. // The North American Review. Boston. November, 1905.

Wood, Peter W. *1620: A Critical Response to the 1619 Project*. — New York — London: Encounter Books, 2020.

Woodson, Carter Godwin. *Free Negro owners of slaves in the United States in 1830, together with Absentee ownership of slaves in the United States in 1830.* — Washington, DC. Association for the Study of Negro Life and History. 1924.

Yedlin, Tova. *Maxim Gorky: A Political Biography.* — Westport, CT: Greenwood Publishing Group, 1999.

Бенджамин Франклин и Россия. // Альманах «Философский век», № 31. Санкт-Петербургский Центр истории идей. — Санкт-Петербург, 2006.

Орлова, Александра, Римский-Корсаков, Владимир, авт.-сост. *Страницы жизни Н. А. Римского-Корсакова. Летопись жизни и творчества.* — 4 выпуска. Ленинград: Музыка, 1969–1973.

Пайпс, Ричард. Россия под большевиками: 1918–1924 (перевод с английского). — Москва: Захаров, 2005.

Сучугова, Наталия. Дипломатическая миссия Джона Куинси Адамса в 1809–1814 годах. Русско-американские политические и культурные связи начала XIX века. — Москва. Российская политическая энциклопедия (РОСПЭН), 2007.

Спивак, Леонид. Иуда. — Санкт-Петербург: Издательский дом «Ретро», 2005.

Книга Алексея Орлова «Тень проклятия Текумсе над Белым домом» прежде всего удивляет интересом русского журналиста-эмигранта к его новой родине вместо ностальгических воспоминаний о годах, проведённых в своей бывшей стране, обычных для эмигранта. Удивляет она необычностью самого подхода к изложению событий. Однако я думаю, что не только особый талант Алексея Орлова, но и опыт жизни в своего рода зазеркалье наделил его новым взглядом на американскую историю.

Владимир Марамзин, Париж, писатель

Темой своей краткой и занимательной истории нашей страны Алексей Орлов выбрал предание о том, что над Белым домом вот уже около двухсот лет висит проклятие, произнесённое одним незаурядным индейцем во времена колонизации. Согласно преданию, периодически, но регулярно, проклятым заканчивает свою жизнь американский президент. Мистика. Но ведь мистика не просто понятие. Мистика имеет прямое отношение к непонятной природе вещей, и непонятной природой вещей в книге Алексея Орлова неожиданно для меня как читателя вдруг увиделось проклятие более глубокое, нежели смерть одного президента: практически все президенты нашей великой и удивительной страны могли бы по своим моральным качествам, но по другому исчислению, оказаться среди тех своих коллег, которые правили страной в «меченные по преданию годы». Мистика.

Валерий Молот, Нью-Йорк, адвокат и переводчик

Столь поразительное погружение в историю страны, гражданином которой автор книги «Проклятие Текумсе» стал в зрелые годы, впечатляет невероятно. У меня, признаться, нет уверенности, что кто-то ещё из приехавших в США — не только из России, из других стран тоже, — сумел предъявить читателю и заинтересованной в получении знаний публике нечто похожее на то, что сделал Алексей Орлов. Он предъявил удивительную — по точности фактов и событий — заставляющую задуматься работу, доступную для всех категорий читателей. Справиться с ней был в состоянии лишь человек, не только влюблённый в историю ставшей для него своей страны, но и посчитавший себя обязанным, самозабвенно занимаясь весьма трудоёмкими «раскопками», поделиться обнаруженным с другими.

Александр Горбунов, Москва, журналист

Orlov prides himself on 'his "complete disregard for political correctness". All history, he points out, is revisionist to some degree... The book is crammed with interesting, though certainly controversial, stories on the former Presidents who died on office... The book questioning the motives of famous figures including revered U. S. Presidents Lincoln and Roosevelt...

Paula Musto, Asheville, NC, writer

Книгу заказала на английском и дала внуку прочитать. Считаю, что она должна быть введена в школьную программу если не как учебник, то как обязательное чтение.

Татьяна Меттер, Саутлейк, Техас, фармаколог